A PEQUENA BRUXA

© 2015 Martins Editora Livraria Ltda., São Paulo, para a presente edição.
© 2013 by Thienemann in Thienemann-Esslinger Verlag GmbH, Stuttgart
Esta obra foi originalmente publicada em alemão sob o título
Die kleine Hexe por Thienemann Verlag.

Publisher Evandro Mendonça Martins Fontes
Coordenação editorial Vanessa Faleck
Produção editorial Susana Leal
Revisão Julio de Mattos
Renata Sangeon

Dados Internacionais de Catalogação na Publicação (CIP)
(Câmara Brasileira do Livro, SP, Brasil)

Preussler, Otfried, 1923-2013.
A pequena bruxa / Otfried Preussler ; com ilustrações de Winnie Gebhardt e Mathias Weber; tradução Cláudia Cavalcanti. – 2. ed. – São Paulo : Martins Fontes - selo Martins, 2015.

Título original: Die Kleine Hexe.
ISBN: 978-85-8063-243-9

1. Contos - Literatura infantojuvenil
I. Gebhardt, Winnie. II. Título. III. Série.

15-06310   CDD-028.5

Índices para catálogo sistemático:
1. Contos : Literatura infantil 028.5
2. Contos : Literatura infantojuvenil 028.5

Todos os direitos desta edição reservados à
Martins Editora Livraria Ltda.
Av. Dr. Arnaldo, 2076
01255-000 São Paulo SP Brasil
Tel.: (11) 3116 0000
info@emartinsfontes.com.br
www.emartinsfontes.com.br

Otfried Preußler
A PEQUENA BRUXA

Com ilustrações de
Winnie Gebhardt e Mathias Weber

Tradução
Cláudia Cavalcanti

martins fontes
selo martins

Índice

A Pequena Bruxa está com problemas	7
Viva a noite de Walpurgis!	13
Planos de vingança	19
O senhor vende vassouras?	23
Boas intenções	29
Ventania	33
Vá em frente, filhinho!	37
Flores de papel	43
Uma boa lição	49
Convidados na sexta-feira	55
Festa de tiro ao alvo meio enfeitiçada	61
O vendedor de castanhas	67
Melhor do que sete saias	75
Boneco de neve, querido boneco!	79
Quer apostar?	83
Carnaval na floresta	89
Os colegas do boliche	95
Grudados na árvore	101
O Conselho das Bruxas	107
Quem ri por último...	115

A Pequena Bruxa está com problemas

Era uma vez uma bruxinha que tinha 127 anos, o que não é muito para uma bruxa.

Ela morava numa casinha solitária bem no meio da floresta. Como pertencia a uma bruxa pequena, a casinha não era muito grande. Mas era suficiente para a Pequena Bruxa. Ela não poderia desejar uma casa mais bonita do que aquela, que tinha um maravilhoso telhado inclinado,

uma chaminé torta e janelas estragadas. Atrás tinha sido construído um forno, que, aliás, não podia faltar. Casa de bruxa sem forno não é casa de bruxa de verdade.

A bruxinha tinha um corvo que sabia falar. Era o corvo Abraxas. Além de grasnar "bom dia!" e "boa noite!", como qualquer corvo normal que aprendeu a falar, ele sabia dizer tudo o mais. A Pequena Bruxa tinha a maior consideração por aquele corvo extraordinariamente sábio, que opinava sobre tudo e dizia sempre o que pensava.

Cerca de seis horas por dia a bruxinha passava treinando bruxarias. Fazer bruxaria não é fácil. Para conseguir aprender direito, não se pode ter preguiça. Primeiro é preciso aprender todas as bruxarias mais simples e, depois, as mais complicadas. É preciso estudar o livro de bruxarias página por página, sem pular nenhuma lição.

A bruxinha ainda estava na página 213 do livro. Estava na lição de fazer chover. Sentada no banco em frente ao forno, com o livro de bruxarias no colo, ela treinava. Ao seu lado, o corvo Abraxas não parecia nada satisfeito.

— Era para fazer chuva — ele grasnava, reclamando —, e o que é que você aprontou? Na primeira vez, fez chover camundongos brancos; na segunda, sapos; na terceira, pinhas! Só quero ver se pelo menos agora você consegue fazer chuva de verdade!

Então, pela quarta vez, a bruxinha tentou fazer chover. Fez uma nuvem subir até o céu, acenou para ela se aproximar e, quando a nuvem estava bem em cima deles, gritou:

— Chova!

A nuvem se abriu e choveu... leite!

— Leite! — gritou Abraxas. — Acho que você está completamente desnorteada! O que mais vai fazer chover? Molas, talvez? Ou unhas de sapateiro? Se pelo menos fossem migalhas de pão ou passas!

– Devo ter-me enganado – disse a Pequena Bruxa. Antes ela já havia errado uma ou outra bruxaria. Mas... quatro vezes seguidas?

– Enganado?! – grasnou o corvo Abraxas. – Vou lhe dizer qual é o problema. Você está distraída! Quando a gente faz uma bruxaria pensando num monte de outras coisas, é claro que acaba dando errado! Você precisa se concentrar um pouco mais!

– Você acha? – perguntou a bruxinha. E fechou bruscamente o livro de bruxarias. – Tem razão! – gritou, irada. – É verdade que não estou concentrada. E por quê? – ela fulminou o corvo com os olhos. – Porque estou com raiva!

– Raiva? – repetiu o corvo Abraxas. – Raiva de quê?

– Estou irritada – disse a Pequena Bruxa – porque hoje é a Noite de Walpurgis. Hoje todas as bruxas se encontram para dançar no topo da montanha.

– E daí?!

– Daí que sou pequena demais para a dança das bruxas. As bruxas grandes não querem que eu compareça para dançar com elas.

O corvo tentou consolar a Pequena Bruxa, dizendo:

– Veja, aos 127 anos você ainda não pode querer que as bruxas grandes a considerem igual a elas. Quando você for mais velha, tudo vai entrar nos eixos.

– Que nada! – gritou a Pequena Bruxa. – Desta vez quero participar! Está entendendo?

– Devemos renunciar ao que não podemos ter – grasnou o corvo. – O que adianta ficar com raiva? Seja razoável! O que está querendo fazer?

Então a Pequena Bruxa disse:
– Já sei o que vou fazer. Hoje à noite vou à montanha!

O corvo ficou pasmo.

– À montanha?! Mas as bruxas grandes proibiram você de aparecer por lá. Querem estar só entre elas na dança das bruxas.

– Bah! – gritou a Pequena Bruxa. – Existem muitas coisas proibidas. É só não deixar ninguém me descobrir...

– Elas vão descobri-la! – profetizou o corvo.

– Vão nada! – rebateu ela. – Só vou me juntar às outras bruxas quando já estiverem dançando. E, antes que elas terminem, saio voando de volta para casa. Hoje a confusão lá em cima vai ser tanta, que ninguém vai perceber.

Viva a noite de Walpurgis!

A Pequena Bruxa não se deixou amedrontar pelas palavras do corvo Abraxas e, à noite, partiu para a montanha.
Lá, todas as bruxas grandes já estavam reunidas. Com os cabelos ao vento e as saias esvoaçantes, elas dançavam ao redor da fogueira. Deviam ser umas quinhentas ou seiscentas bruxas: bruxas da montanha, da floresta, do pântano, da névoa; bruxas do tempo, do vento; bruxas crocantes e herbáceas. Elas rodopiavam desvairadas e balançavam as vassouras.
– Noite de Walpurgis! – cantavam as bruxas. – Viva a Noite de Walpurgis!
Entre giros e rodopios, elas berravam, gritavam, grasnavam, lançavam raios e trovões.
A Pequena Bruxa, sem ser notada, misturou-se às dançarinas. – Viva a Noite de Walpurgis! – ela cantava, aos berros. Rodopiando em torno da fogueira, a bruxinha pensava: "Se Abraxas me visse, arregalaria os olhos como uma coruja da floresta!". Com certeza tudo teria corrido muito bem, se a Pequena Bruxa não tivesse dado de cara com sua tia Rumpumpel, a bruxa do tempo! A tia Rumpumpel era presunçosa, malvada e não gostava de brincadeira.
– Veja só! – gritou ela, ao encontrar a Pequena Bruxa no meio da balbúrdia. – Que surpresa! O que está fazendo aqui?

Responda! Não sabe que esta noite a presença de pixotinhas está proibida?

– Não me denuncie! – pediu a Pequena Bruxa, assustada.

A tia Rumpumpel retrucou:

– Nada disso! Você merece castigo, sua malcriada!

Curiosas, as outras bruxas se aproximaram e rodearam as duas. Irada, a bruxa do tempo contou tudo; então perguntou o que deveriam fazer com a bruxinha.

As bruxas da névoa gritaram:

– Ela deve ser castigada!

As bruxas da montanha berraram:
– Vamos à bruxa-mor! Imediatamente!
– Isso mesmo! – gritaram todas as bruxas. – Vamos agarrá-la e levá-la à bruxa-mor!

Não adiantou a Pequena Bruxa pedir e implorar. A tia Rumpumpel pegou-a pela gola e arrastou-a até a bruxa-mor. Empoleirada num trono feito de espetos de churrasco, lá estava ela. Taciturna, ouviu a bruxa do tempo. Então esbravejou para a Pequena Bruxa:

– Você ousou vir aqui hoje à noite, apesar de isso ser proibido para bruxas da sua idade? De onde foi tirar essa ideia maluca?

Tremendo de medo, a Pequena Bruxa disse:
– Não sei. De repente senti muita vontade de vir; então montei na vassoura e voei até aqui...
– Faça o favor de voltar para casa! – ordenou-lhe a bruxa-mor. – Suma daqui, e já! Senão vou começar a ficar zangada!

Foi então que a Pequena Bruxa notou que podia dialogar com a bruxa-mor:

– Posso pelo menos dançar no ano que vem? – perguntou.
– Hum... – refletiu a bruxa-mor. – Isso eu ainda não posso prometer. Talvez, se até lá você se tornar uma boa bruxa. Na véspera da próxima Noite de Walpurgis convocarei o Conselho das Bruxas e você passará por uma prova. Mas não será uma prova fácil.

– Muito obrigada! – disse a Pequena Bruxa. – Muito obrigada!

Ela prometeu tornar-se uma boa bruxa até o ano seguinte.

Então correu até a vassoura e estava prestes a levantar voo, quando a bruxa do tempo Rumpumpel disse à bruxa-mor:

– Você não vai castigar essa coisinha malcriada?

– Castigue-a! – instigaram as outras bruxas do tempo.

– Castigue-a! – também gritaram todas as outras. – Vamos pôr ordem na casa! Quem comparece à dança das bruxas sem permissão precisa levar uma lição!

– Como castigo, poderíamos jogar a malcriadinha um pouquinho no fogo – opinou a tia Rumpumpel.

– Que tal – propôs uma bruxa crocante – se a prendêssemos por algumas semanas? Tenho um chiqueiro de gansos lá em casa. Está vazio...

Uma das bruxas do pântano disse:

– Tenho uma ideia melhor! Posso ficar com ela e mergulhá-la na lama até o pescoço!

– Não! – protestaram as bruxas herbáceas. – Vamos arranhar todo o rosto dela!

– Tudo bem! – bufaram as bruxas do vento. – Mas além disso ela precisa levar uma surra!

– De cipó! – sibilaram as bruxas da montanha.

– E também de vassoura! – sugeriu a tia Rumpumpel.

A Pequena Bruxa estava morrendo de medo. A coisa podia ficar feia!

– Atenção! – disse a bruxa-mor, depois que todas as outras bruxas falaram. – Se vocês exigem que ela seja castigada...

– Exigimos! – exclamaram as bruxas em coro, e a tia Rumpumpel foi a que gritou mais alto.

– ...então sugiro – gritou a bruxa-mor – que simplesmente lhe tiremos a vassoura, para que ela seja obrigada a ir a pé para casa! Ela terá de andar três dias e três noites para chegar à floresta. Isso basta.

– Não basta! – urrou a bruxa do tempo Rumpumpel.

Mas as outras bruxas acharam que era suficiente. Jogaram a vassoura da Pequena Bruxa no fogo e lhe desejaram boa viagem.

Planos de vingança

A viagem de volta foi longa e difícil! A Pequena Bruxa andou três dias e três noites. Com os pés feridos e as solas dos sapatos gastas, ela chegou em casa na manhã do quarto dia.

– Finalmente você voltou! – saudou-a o corvo Abraxas. Ele estava encarapitado na chaminé da casa da bruxinha e, preocupado, esperava por ela. Ao avistá-la, respirou aliviado. Abriu as asas e voou ao seu encontro.

– Você me apronta cada uma! – ele grasnou. – Fica dias e dias passeando pelo mundo e me deixa aqui, sem saber o que fazer. – O corvo saltitava de um lado para outro. – Mas que aparência é essa? Você está que é só poeira da cabeça aos pés! Aliás, por que está mancando? Veio a pé? Pensei que estivesse com a vassoura.

– E estava – suspirou a Pequena Bruxa.

– Estava? – grasnou Abraxas. – O que isso quer dizer?

– Quer dizer que ela já era.

– A vassoura...?

– ...já era – repetiu a Pequena Bruxa.

Foi então que o corvo entendeu tudo. Inclinou a cabeça e perguntou:

– Então você foi descoberta? Era de esperar. Seria de espantar que elas não a tivessem descoberto. Você não merecia outra coisa!

A bruxinha não queria saber de conversa. Só pensava em dormir, dormir! Arrastou-se até o quarto e caiu na cama.

– Ei! – gritou Abraxas, indignado. – Você não vai nem ao menos tirar as roupas empoeiradas?

Mas a Pequena Bruxa já estava roncando. Dormiu como uma marmota, sem interrupção, até bem tarde no dia seguinte. Quando ela despertou, Abraxas saltitou até a beira de sua cama.

– Descansou?

– Bastante – disse a Pequena Bruxa, bocejando.

– Então, finalmente, posso saber o que aconteceu?

– Primeiro o café da manhã! – resmungou a Pequena Bruxa. – Não dá para falar de estômago vazio.

Ela tomou um café da manhã farto e longo. Quando não podia mais, afastou o prato e contou tudo.

– Apesar de toda a sua leviandade, você ainda teve sorte! – disse o corvo, afinal. – Mas não se esqueça de que deve tornar-se uma boa bruxa até o ano que vem.

– Vou me esforçar – prometeu ela. – A partir de agora, não vou treinar seis, mas sete horas por dia. E, além disso, também quero fazer uma coisa muito importante...

– O quê?

A Pequena Bruxa fez uma careta; tinha um olhar furioso. Então declarou, pronunciando sílaba por sílaba:

– Vou-me-vin-gar!

– De quem?

– Da tia Rumpumpel! Aquela fera é culpada de toda essa história! Ela me denunciou às outras bruxas, ela e só ela! Também é por causa dela que estou com os pés feridos e as solas do sapato gastas! Quem insuflou as outras contra mim? Quem foi a primeira a exigir que a bruxa-mor me castigasse? Nem achou suficiente me tirarem a vassoura. Ela queria mais.

– Isso sim – falou o corvo – foi uma infâmia da parte dela. Mas... vingar-se...?

– Vou fazer um feitiço para ela ficar com focinho de porco! – gritou a Pequena Bruxa. – Orelhas de asno e patas de bezerro! No queixo, uma barbicha de cabra. E, para terminar, um rabo de vaca!

– Rabo de vaca e barbicha de cabra? – sibilou Abraxas. –

Como se fosse possível abalar a velha Rumpumpel com uma coisa dessas! Ela é bruxa como você e num piscar de olhos vai desmanchar a bruxaria.

– Você acha? – e a Pequena Bruxa concluiu que, nesse caso, as orelhas de asno e as patas de bezerro também seriam inúteis. Ela retrucou: – Deixe estar! Vou pensar em algo melhor! Alguma coisa capaz de assustar até mesmo a tia Rumpumpel. Você acha possível?

– Pode até ser – replicou Abraxas. – Só temo que você se arrependa se causar algum mal à bruxa do tempo Rumpumpel...

– Como assim? – exclamou admirada a Pequena Bruxa.

– É que você prometeu à bruxa-mor tornar-se uma boa bruxa. E bruxas boas não podem fazer o mal, creio eu. Reflita sobre o assunto.

Insegura, a Pequena Bruxa olhou para o corvo.

– Está falando sério?

– Com certeza – falou Abraxas. – No seu lugar, eu pensaria bem.

O senhor vende vassouras?

O que faz uma bruxinha com os pés machucados de tanto andar? Faz uma pomada de ovos de sapo e cocô de camundongo, mistura um punhado de dentes de morcego moídos e deixa cozinhar. Ao passar a pomada nas partes feridas, proferindo ao mesmo tempo uma fórmula mágica do livro de bruxarias, seus pés sararam num instante.

– Bem, problema resolvido! – disse a Pequena Bruxa, aliviada, quando a pomada e a fórmula mágica fizeram efeito.

– Agora você não está mais mancando? – perguntou Abraxas.

– Veja com seus próprios olhos! – gritou a bruxinha, dançando descalça pela casa. Depois calçou as meias e os sapatos.

– Vai sair? – admirou-se o corvo.

– Vou, e você pode vir junto – disse ela. – Estou indo até a cidade.

– É longe – falou Abraxas. – Não esqueça: você não tem mais vassoura, tem de ir a pé.

– Justamente! Não quero mais andar a pé. E por isso vou até a cidade.

– Está me gozando?

– Como assim? Se você não tem nada contra, quero comprar uma vassoura.

– Ah, bom, agora entendi – disse Abraxas. – Então é claro que vou junto. Pensei que você fosse demorar para voltar, como da outra vez.

Para ir até a cidade era preciso atravessar a floresta, transpondo raízes, pedras, árvores caídas e barrancos cheios de moitas de amoras. Para o corvo Abraxas, nada disso importava. Pousado no ombro da Pequena Bruxa, ele só precisava tomar cuidado para que nenhum galho batesse na sua cabeça. Mas a bruxinha ia tropeçando nas raízes e deixando pedaços da saia pendurados nos galhos.

– Que caminho miserável! – ela gritava de vez em quando.
– Meu consolo é que logo poderei voar.

Chegaram à cidade e entraram no armazém do sr. Balduíno Pimenta. O sr. Pimenta não se surpreendeu quando a Pequena Bruxa entrou pela porta com o corvo. Nunca tinha visto uma bruxa antes e achou que ela fosse uma velhinha comum, da cidade vizinha.

Cumprimentou-a, e a bruxinha respondeu. Então o sr. Pimenta perguntou educadamente:

– Em que posso servi-la?

Primeiro a Pequena Bruxa comprou 250 gramas de açúcar-cande. Então pôs o saco debaixo do bico do corvo:

– Sirva-se, por favor!

– Obrigado – grasnou Abraxas. O sr. Pimenta se espantou:

– Que pássaro gentil! – ele disse, atencioso, antes de continuar: – O que mais deseja?

– O senhor vende vassouras? – perguntou a Pequena Bruxa.

– Claro – disse ele. – Vassouras pequenas, vassouras de cozinha e vassouras de piaçava. Também tenho escovas. Se precisar de um espanador...

– Não, obrigada. Quero uma vassoura de piaçava.

– Com ou sem cabo?

– Com cabo – pediu a Pequena Bruxa. – O cabo é o mais importante. Mas não pode ser muito curto.

– O que acha desta? – quis saber sr. Pimenta, solícito. – Vassouras com cabo longo estão em falta no momento, infelizmente.

– Acho que esta serve – disse ela. – Vou levá-la.

– Quer que eu amarre um pouco a vassoura? – perguntou sr. Pimenta. – Fica mais fácil de carregar...

– Muito obrigada – disse a Pequena Bruxa –, mas não precisa.

– Como quiser – o sr. Pimenta contou o dinheiro e levou a bruxinha até a porta:

– Muito honrado, até mais ver, seu...

"Criado", ele quis acrescentar. Mas ficou sem fôlego.

Viu a freguesa montando no cabo da vassoura. Ela murmurou alguma coisa e... a vassoura levantou voo, com ela e o corvo.

O sr. Pimenta não acreditava em seus olhos. "Deus me proteja!", pensou. "Será que isso está mesmo acontecendo ou estou sonhando?"

Boas intenções

Como um redemoinho agitado, a bruxinha se foi, montada na vassoura nova. Cabelos e lenço esvoaçantes, ela passou soprando por cima dos telhados e cumeeiras da cidadezinha. Abraxas balançava no seu ombro, tentando segurar firme.

– Cuidado! – grasnou de repente. – A torre da igreja!

A Pequena Bruxa mal teve tempo de desviar a vassoura para o lado, e por um triz não bateu bem no cume da torre. Só o avental dela tocou no bico do catavento de ferro... rash!... e rasgou-se em dois.

– Voe mais devagar! – reclamou o corvo. – Com essa maldita pressa você ainda vai quebrar o pescoço. Ficou doida?

– Eu não – gritou a Pequena Bruxa –, mas a vassoura ficou! Não estou conseguindo controlá-la.

Com vassouras novas acontece o mesmo que com cavalos novos: primeiro é preciso domá-los para depois montá-los. Por sorte, o único prejuízo foi um avental rasgado.

Mas a bruxinha era inteligente. Desviou a vassoura como pôde para campos abertos. Lá não corria perigo de bater em nada.

– Pode teimar! – gritava a bruxa para a vassoura –, pode teimar! Quando estiver cansada, vai aprender a se comportar! Eia!

A vassoura tentava livrar-se dela de todas as maneiras possíveis. Fazia as manobras mais radicais, empinava, caía, mas não adiantava. A Pequena Bruxa continuava firme, não se deixava abalar.

Finalmente a vassoura se deu por vencida. Então passou a seguir as ordens da bruxa. Obediente, ora voava mais rápido, ora mais devagar, ora em linha reta, ora fazendo curvas.

– Agora sim! – disse satisfeita a Pequena Bruxa. – Por que não foi assim desde o começo?

Ela ajeitou a roupa e o lenço da cabeça. Deu um tapinha no cabo da vassoura, enquanto pairavam calmamente sobre a floresta.

A vassoura nova tornara-se mansinha, mansinha. Sobrevoaram os cumes das montanhas, observando lá embaixo os rochedos e as plantações de amora. A Pequena Bruxa balançava as pernas alegremente, feliz por não precisar mais andar a pé. Ela acenava para os coelhos e veados que avistava no bosque e contava as tocas de raposa.

– Veja, um caçador! – grasnou depois de um tempo o corvo Abraxas, apontando para baixo com o bico.

– Estou vendo – disse a bruxinha. Ela franziu os lábios e cuspiu no chapéu do caçador. Spuch!

– Por que você fez isso? – perguntou Abraxas. Ela riu:

– Porque me deu vontade! Hi, hi! Ele vai pensar que está chovendo.

O corvo continuou sério.

– Isso não se faz – ele disse, em tom de censura. – Uma bruxa que se preze não deve cuspir no chapéu dos outros.

– Ah – exclamou irritada –, deixe disso!

— Pois não — grasnou Abraxas, ofendido. — Mas a tia Rumpumpel vai gostar de saber dessas "brincadeirinhas"...

— A bruxa do tempo? O que é que ela tem a ver com isso?

— Muita coisa — respondeu Abraxas. — Imagine como ela vai ficar contente se você não se tornar uma boa bruxa até o ano que vem! Você quer lhe dar essa alegria?

A bruxinha abanou a cabeça veementemente.

– Mas, pelo que vejo, você está a caminho disso – disse Abraxas.

O corvo se calou. A Pequena Bruxa fez o mesmo. Ficou pensando no que Abraxas dissera. Refletiu seriamente. Por mais que ela torcesse as coisas, a verdade era que o corvo tinha razão. Ao chegarem em casa, ela disse:

– Tudo bem, está certo. Tenho de ser uma boa bruxa. Só assim vou poder enfrentar essa Rumpumpel. Ela vai ficar verde de raiva!

– Vai mesmo! – grasnou Abraxas. – Mas, para isso, é claro que de hoje em diante você tem de só fazer coisas boas.

– É o que vai acontecer – prometeu ela.

Ventania

A partir de então a Pequena Bruxa passou a estudar o livro de bruxarias sete horas por dia, em vez de seis. Até a próxima Noite de Walpurgis ela queria ter na cabeça tudo o que se exige de uma boa bruxa. Não precisava fazer muito esforço para aprender, pois era jovem. Logo a bruxinha ia saber de cor todas as bruxarias importantes.

De vez em quando, montava na vassoura e passeava um pouco. Depois de treinar com tanta dedicação durante horas a fio, precisava de uma distração. Desde que tinha a nova vassoura, às vezes até andava um pouco pela floresta. Pois ser *obrigada* a andar e *poder* andar são coisas muito diferentes.

Um dia, ao passear pela floresta com Abraxas, encontrou três velhinhas. As três carregavam cestos nas costas e olhavam para o chão, como se estivessem procurando alguma coisa.

– O que estão procurando? – perguntou a bruxinha.

Uma das velhinhas falou:

– Estamos procurando cascas secas de árvores e galhos quebrados.

– Mas não estamos tendo sorte – suspirou a segunda velhinha. – É como se tivessem varrido a floresta.

– Faz tempo que estão procurando? – perguntou a Pequena Bruxa.

– Desde hoje cedo – disse a terceira velhinha.

– Procuramos, procuramos, mas ainda nem conseguimos encher um cesto. Como vai ser o próximo inverno com tão pouco para nos aquecermos?

A Pequena Bruxa espiou dentro dos cestos e só viu uns poucos galhos secos.

– Se isso é tudo que conseguiram catar, dá para entender a tristeza de vocês – disse ela às velhinhas. – Por que é que não estão encontrando nada?

– Por causa do vento.

– Do vento?! – espantou-se a bruxinha. – Como assim, do vento?

– Ele não está soprando – disse uma das velhinhas.

– Sem vento, nada cai das árvores.

– Não caindo gravetos e galhos, com o que vamos encher os cestos?

– Ah, então é isso! – disse a Pequena Bruxa. As velhinhas confirmaram com a cabeça, e uma delas disse:

– Eu daria tudo para saber fazer bruxarias! Eu faria o vento soprar e pronto. Mas não consigo.

– Claro – falou a bruxinha –, você não consegue, mesmo.

As três, então, resolveram voltar para casa.

– Não adianta ficar procurando – disseram. – Não vamos achar nada enquanto o vento não soprar. Até logo!

– Até logo! – disse a Pequena Bruxa, esperando as velhinhas se afastarem um pouco.

– Não dá para ajudá-las? – perguntou Abraxas em voz baixa.

A Pequena Bruxa riu.

– Já estou ajudando. Mas segure firme para não ser levado pelo vento.

Para a bruxinha, fazer vento era brincadeira de criança. Um sopro entre os dentes e na mesma hora começou a ventania. E que ventania! Soprava pelas montanhas e balançava os troncos. Arrancava os galhos secos de todas as árvores. Pedaços de casca e gravetos estalavam no chão.

As velhinhas gritavam baixando a cabeça e segurando as saias com as mãos. Por pouco o vendaval não as derrubou. Mas a bruxinha não deixou chegar a tanto.

– Basta! – gritou ela. – Chega!

O vento obedeceu e parou. As velhinhas se entreolharam, receosas. Então viram que o chão da floresta estava cheio de gravetos e galhos quebrados.

– Que sorte! – gritaram as três. – Tanta lenha de uma só vez! É o suficiente para muitas semanas!

Elas juntaram o que puderam, enchendo os cestos. Radiantes de alegria, voltaram para casa.

A bruxinha seguiu-as com os olhos, sorrindo satisfeita.

Excepcionalmente, o corvo Abraxas também estava contente. Bicou a Pequena Bruxa no ombro e disse:

– Nada mal para começar! Parece que você realmente tem tudo para se tornar uma boa bruxa.

Vá em frente, filhinho!

A partir de então, a Pequena Bruxa cuidou para que as velhinhas nunca mais voltassem para casa com os cestos vazios. Elas estavam sempre animadas e, quando encontravam a bruxinha, diziam com uma expressão de alegria:
– Este ano catar lenha virou uma diversão! Agora vale a pena vir à floresta!
Por isso a bruxinha se surpreendeu quando, um belo dia, encontrou as três com cara de choro e cestos vazios. Na noite anterior ela tinha feito o vento soprar, portanto a floresta devia estar cheia de galhos e gravetos espalhados pelo chão.
– Imagine o que aconteceu! – soluçavam as velhinhas. – O novo guarda florestal nos proibiu de catar lenha! Ele jogou fora tudo o que estava nos cestos e disse que da próxima vez vai mandar nos prender.
– Que desaforo! – disse a Pequena Bruxa. – Por que ele foi fazer isso?
– Porque é malvado! – gritaram as velhinhas. – O velho guarda florestal não tinha nada contra catar lenha. Mas esse novo... Você não imagina como ele estava furioso! Nunca mais teremos lenha para nos aquecer.
As três recomeçaram a chorar, mas a bruxinha as consolou.
– O novo guarda florestal não perde por esperar – ela disse. – Vou mostrar a ele quem está com a razão.

– Como assim? – indagaram as velhinhas.
– Isso é comigo! Agora vão para casa e não se preocupem. A partir de amanhã o guarda florestal vai permitir que vocês catem toda a lenha que puderem carregar.
As três se foram. A Pequena Bruxa fez aparecer imediatamente um cesto cheio de galhos secos, colocou-o à beira do caminho e sentou-se ao lado dele, como se fosse uma catadora de lenha que estava descansando. Não precisou esperar muito para ver o guarda florestal se aproximar. Logo o reconheceu pela calça verde, a espingarda e a bolsa de couro.
– Ah! – gritou o guarda. – Mais uma! O que está fazendo aqui?
– Descansando – disse a bruxinha. – O cesto está tão pesado que preciso recuperar o fôlego.
– Pois você não sabe que catar lenha é proibido?
– Não. Como iria saber?
– Pois agora já sabe! – rosnou o guarda. – Esvazie o cesto e dê o fora!
– Esvaziar o cesto? – perguntou a Pequena Bruxa. – Ora, Senhor Novo Guarda Florestal, tenha pena de mim! O senhor não pode fazer isso com uma velhinha!
– Vou lhe mostrar o que posso fazer! – resmungou ele. E pegou o cesto para esvaziá-lo. Então a bruxinha disse:
– Largue isso!
O guarda ficou furioso.
– Vou mandar prendê-la! – ele quis dizer. Mas, em vez disso, falou: – Mil desculpas, eu estava brincando. É claro que pode ficar com o cesto.

O guarda ficou atarantado. Como foi que de repente acabou dizendo o contrário do que queria? Ele não podia saber que a Pequena Bruxa o tinha enfeitiçado.

– Tudo bem, filhinho, o tom já está melhorando! – ela observou. – Mas se o cesto não estivesse tão pesado...

– Quer ajuda? – perguntou o guarda florestal. – Posso levar o cesto até sua casa.

Ela sorriu, marota.

– É mesmo, filhinho? Mas quanta gentileza! Um rapaz tão educado!

O guarda florestal teve vontade de se esbofetear.

"Por que estou falando esse absurdo?", ele pensou. "Não estou me reconhecendo!"

E, contra sua própria vontade, saiu carregando o cesto pesado.

– Mãezinha! – ele disse então. – Quando estiver cansada, pode sentar aqui em cima.

– Está falando sério? – gritou a Pequena Bruxa. O guarda estava à beira do desespero e ouviu a própria voz dizer:

– É claro! Venha aqui para cima!

A bruxinha não esperou segunda ordem. Num só pulo, saltou para cima do cesto cheio (com o corvo empoleirado no seu ombro).

– Agora podemos ir. Vá em frente!

O guarda quis mandar o cesto, a catadora de lenha e o corvo para o inferno. Mas era inútil. Obediente, fez as vezes de burro de carga e deu partida.

– Em frente! – gritou Abraxas. – Mais rápido, burrinho, mais rápido! Senão vou ter de lhe dar umas bicadas!

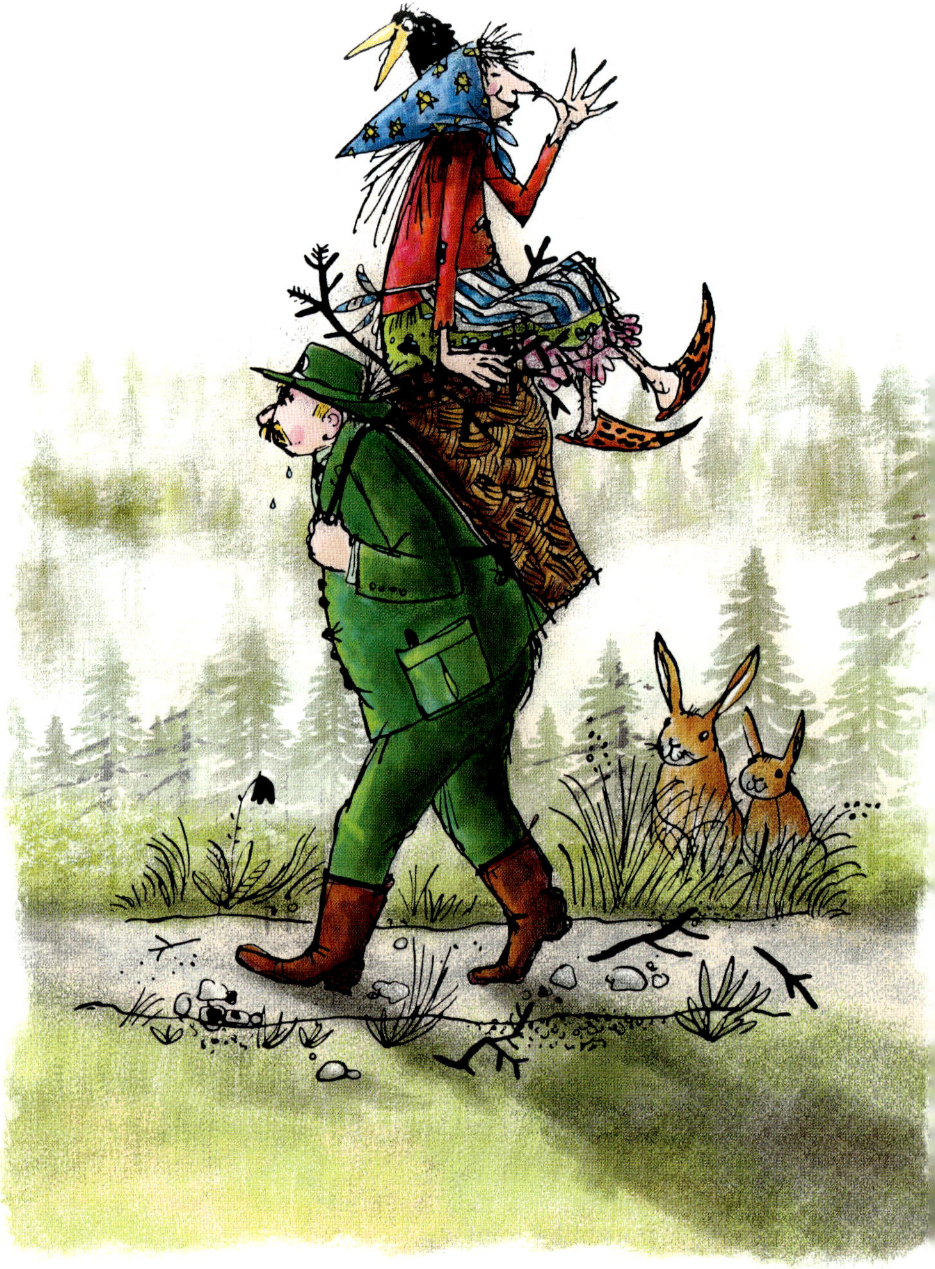

O guarda ora esfriava, ora esquentava. Trotava sem parar. Em pouco tempo estava ensopado de suor, com a língua dependurada até o pescoço. Primeiro perdeu seu chapéu verde, depois a bolsa de couro. Também deixou cair a espingarda. E assim ele atravessou a floresta correndo.

– À esquerda! – comandava Abraxas. – Depois do canal à direita, depois em frente, subindo a montanha!

Quando finalmente chegaram à casa da bruxinha, o guarda mal se aguentava em pé. A Pequena Bruxa, sem ter pena dele, perguntou:

– Que tal, filhinho, se você aproveitasse e cortasse a lenha?

– Vou cortá-la, amarrá-la e armazená-la – disse o guarda, ofegante.

E assim ele fez.

Quando acabou (e demorou muito para terminar o trabalho), a bruxinha falou:

– Agora pode ir. Muito obrigada, filhinho! É difícil encontrar um guarda assim tão gentil. As catadoras de lenha vão ficar satisfeitas! Imagino que você seja educado com todas elas, não é...?

O guarda não respondeu e saiu se arrastando para casa. A partir daí, fazia reverência para todas as catadoras de lenha que encontrava.

A bruxinha volta e meia ria ao se lembrar dessa travessura. E confidenciou ao corvo:

– Vou continuar assim. Quero sempre ajudar as pessoas boas simplesmente aprontando com as más. Gosto disso!

Abraxas retrucou:

– Precisa ser assim? Você podia fazer o bem de outra maneira. Quero dizer, sem travessuras.

– Ah, é muito monótono! – disse ela.

– Como pode saber? – perguntou Abraxas.

Flores de papel

Um dia a Pequena Bruxa teve vontade de ir à cidade para dar uma olhada na feira.
– Ótimo! – exclamou Abraxas, entusiasmado. – Eu vou junto! A floresta é muito isolada, tem muitas árvores e poucas pessoas. Na feira da cidade acontece justamente o contrário!

Só que eles não podiam chegar à feira montados na vassoura. A confusão seria enorme, e talvez alguém até chamasse a polícia. Por isso, esconderam a vassoura na entrada da cidade, numa plantação de trigo, e continuaram o caminho a pé.

Na feira, as donas de casa, criadas, camponesas e cozinheiras já disputavam as barracas. Estridentes, as jardineiras ofereciam suas ervas, os fruteiros gritavam em uníssono:
– Comprem maçãs e peras!

A peixeira queria se desfazer de seus arenques defumados, o açougueiro, de suas salsichas, o ceramista, dos vasos e potes que tinha espalhado sobre uma esteira. Do outro lado alguém gritava:
– Chucrute! Chucrute!

E do outro:
– Melancias, abóboras! Melancias, abóboras!

Quem gritava mais alto era Jacó Barato. Em pé na laje da fonte, ele batia com um martelo no seu tabuleiro e gritava com toda a força dos pulmões:

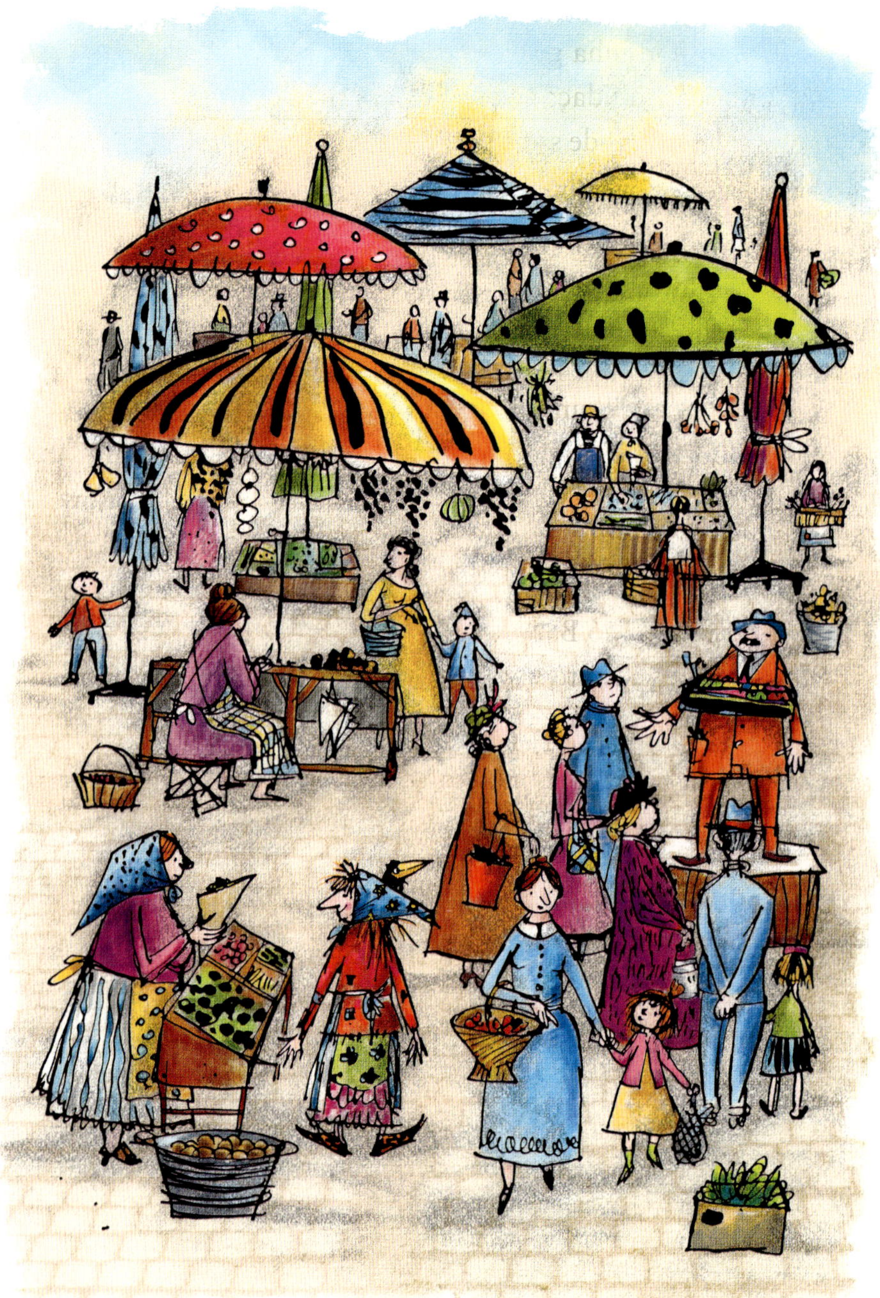

– Compre, minha gente, compre! Hoje está barato. Hoje é meu dia de liquidação, estou vendendo tudo pela metade do preço! Cordões de sapato, rapé, suspensórios! Lâminas de barbear, escovas de dente, fivelas de cabelo! Panos de prato, graxa de sapato, pasta de alho! Aproximem-se, meus senhores! Comprem, comprem! Eu sou Jacó Barato!

A bruxinha animou-se com o burburinho. Deixava-se levar de um lado para o outro pela multidão. Aqui provava uma pera, ali, uma hortaliça. Por alguns trocados comprou um isqueiro de Jacó Barato, que lhe deu de brinde um anel de vidro.

– Muito obrigada! – disse a bruxinha.
– De nada! Aproximem-se, meus senhores! Comprem, comprem! Sou Jacó Barato!

Lá atrás, no canto mais longínquo da feira, havia uma moça triste e pálida com uma cesta cheia de flores de papel. Sem prestar atenção, as pessoas passavam por aquela criatura tímida, sem comprar nada dela.

– Que tal se você se ocupasse um pouco dela? – sugeriu Abraxas – Estou com pena da pobrezinha.

A Pequena Bruxa abriu caminho através da multidão e foi perguntar à moça:

– Não está conseguindo vender as flores?
– Ah – disse a moça –, quem é que vai comprar flores de papel no verão? Minha mãe vai chorar de novo. Se até de noite eu não levar dinheiro, ela não vai nem poder comprar pão. Tenho sete irmãos. Meu pai morreu no inverno passado. Agora estamos fazendo estas flores de papel. Mas ninguém gosta delas.

Ao ouvir a moça, a bruxinha teve muita pena. Por um momento ficou pensando numa maneira de ajudá-la. Então teve uma ideia.

– Não posso entender por que as pessoas não compram as flores – ela disse. – Pois elas até têm cheiro!

Incrédula, a moça arregalou os olhos.

– Cheiro? Como é que flores de papel podem ter cheiro?

– Mas essas têm – afirmou a bruxinha, muito séria. – É um cheiro mais gostoso do que o das flores de verdade. Não está sentindo?

As flores de papel cheiravam mesmo! Não era só a vendedora que estava sentindo!

Em toda a feira as pessoas começavam a sentir o cheiro delicioso.

– De onde vem esse aroma? – elas se perguntavam. – Não é possível! Flores de papel? Elas estão à venda? Vou levar algumas. Será que são caras?

Quem tinha nariz e pernas correu para o canto onde estava a moça. As donas de casa, as criadas, as camponesas, as cozinheiras, todas vieram. As vendedoras de peixe abandonaram seus arenques defumados, o açougueiro, suas salsichas, as jardineiras, suas ervas. Todos se precipitavam com avidez para os lados da moça das flores de papel. Até Jacó Barato, carregando seu tabuleiro, conseguiu correr. E, como foi o último a chegar, pôs-se na ponta dos pés e transformou as mãos em megafone.

– Ei! – gritava ele, sobre as cabeças das pessoas. – Está me ouvindo, moça das flores? Sou eu, Jacó Barato! Reserve umas flores para mim! Pelo menos uma! Está me ouvindo? Pelo menos uma!

– Não, nenhum tratamento especial! Nem para Jacó Barato! – gritaram as pessoas da frente. – Venda as flores pela ordem de chegada na fila!

"Que sorte estarmos na frente", pensavam. "O estoque não vai durar muito, e quem chegar tarde vai ficar chupando dedo."

A moça vendeu, vendeu, vendeu. Mas as flores da cesta não acabavam. Foram suficientes para todos os que quiseram comprar (até para Jacó Barato).

– Como pode ser? As flores não acabam? – perguntavam as pessoas, admiradas, de olho na cesta.

Mas a própria vendedora não sabia explicar. Só quem sabia era a Pequena Bruxa, que fazia tempo já tinha se afastado com Abraxas. As casas da cidade iam ficando para trás. Logo estariam na plantação de trigo, onde haviam escondido a vassoura.

A Pequena Bruxa ainda pensava na moça das flores de papel, com um sorriso maroto nos lábios. Foi quando o corvo a cutucou com o bico e lhe mostrou uma nuvem negra que se formava rapidamente no céu. Não haveria nada de

47

estranho, se não fosse aquele cabo de vassoura aparecendo no meio da nuvem.

– Veja! – gritou Abraxas. – A tia Rumpumpel! Será que a velhota estava espionando?

– Essa é capaz de tudo – rugiu a bruxinha.

– Pois deixe! – disse o corvo. – Você não tem nada para esconder dela, e menos ainda o que você fez hoje.

Um boa lição

Durante alguns dias choveu sem parar. À Pequena Bruxa só restou ficar quietinha dentro de casa, bocejando e esperando o tempo melhorar. Seu passatempo era, às vezes, fazer algumas bruxarias; fez o pedaço de madeira dançar valsa com o atiçador de fogo em cima da chapa do fogão, a pá virar cambalhota, a batedeira se descontrolar. Mas tudo aquilo era bobagem e logo perdeu a graça.

Quando finalmente o sol voltou a brilhar lá fora, a Pequena Bruxa já não aguentava mais ficar em casa.

– Para fora! – gritou ela, animada. – Nada como sair da toca! Preciso ver onde há alguma bruxaria para fazer.

– É, sobretudo alguma coisa boa! – lembrou Abraxas.

Juntos, sobrevoaram a floresta em direção à campina. Ainda havia poças d'água por toda parte. As trilhas estavam enlameadas, e os camponeses andavam atolados no barro.

Também a estrada tinha sido afetada pela chuva. Justamente naquele momento vinha uma carroça da cidade. Estava atrelada a dois cavalos, carregada de barris de cerveja. Por aquela estrada enlameada só dava para caminhar muito devagar. Os cavalos espumavam pela boca, estavam exaustos de tanto esforço. Mas o carroceiro, sentado confortavelmente na boleia, queria maior velocidade.

– Eia! – ele gritava. – Mais depressa, suas bestas! – e chicoteava os cavalos sem dó nem piedade.

– Que absurdo! – grasnou Abraxas, indignado. – Esse infeliz está descendo o chicote nos cavalos como um torturador! Não dá para assistir a tudo isso sem fazer nada.

– Pode deixar – disse a Pequena Bruxa –, ele vai parar com isso já, já.

Foram seguindo a carroça até ela parar na cidadezinha seguinte, diante de uma taberna. O cocheiro descarregou alguns barris. Foi rolando os barris pelo pátio, até a adega, e depois entrou na taberna, onde pediu alguma coisa para comer. Os cavalos, abatidos, continuaram presos na carroça. Não ganharam sequer um punhado de feno ou aveia.

A Pequena Bruxa esperou escondida atrás da estrebaria até o cocheiro sumir para dentro da taberna. Então foi até os dois cavalos e, na língua deles, perguntou:

– Ele é sempre malvado assim com vocês?

– Sempre – confessaram os cavalos. – Ainda mais quando está bêbado ou com raiva. Aí ele nos bate até com o cabo do chicote. Veja só as marcas na nossa pele.

– Esse sujeito está merecendo uma lição! – disse a bruxinha. – É uma vergonha o que ele faz com vocês! Topam me ajudar a fazê-lo pagar na mesma moeda?

– Topamos. O que devemos fazer?

– Quando ele chegar e quiser partir, não saiam do lugar. Não deem um passo!

– Ah, mas isso é querer demais! – argumentaram os cavalos. – Você vai ver! Vamos ficar verdes de tanto apanhar.

– Prometo que isso não vai acontecer – disse a Pequena Bruxa.

Ela subiu na carroça, pegou o chicote e deu um nó na ponta da correia. Depois voltou tranquilamente para trás da estrebaria e ficou esperando o cocheiro voltar.

O homem saiu da taberna depois de algum tempo. Tinha comido e bebido. Vinha calmamente, assobiando alto, satisfeito da vida. Subiu na boleia, com a mão esquerda pegou as rédeas e com a direita esticou o braço para alcançar o chicote, como de costume.

– Eia! – gritou ele, estalando a língua, pronto para sair.

Os cavalos nem se moveram, e o homem se enfureceu.

– Esperem só, seus preguiçosos, vou ajudar vocês! – ele resmungou, descendo o chicote.

O tiro saiu pela culatra! A correia do chicote voltou e, em vez de atingir os cavalos, golpeou as orelhas do próprio cocheiro.

– Malditos! – ele esbravejou, brandindo o chicote para mais um golpe. Mas aconteceu a mesma coisa.

O cocheiro ficou cego de raiva. Pulou. Levantou-se de um salto e, como louco, brandiu de novo o chicote e lançou-o sobre os cavalos. Mas todas as vezes os golpes atingiam a ele mesmo, no pescoço, no rosto, nos dedos, nos braços, no tronco e nas costas.

– Com mil raios! – ele esbravejou, por fim. – Assim não dá! – Então o homem pegou o chicote pela correia para bater nos cavalos com o cabo. Só fez isso uma vez. O cabo do chicote bateu no nariz dele com tanta força, que o sangue começou a jorrar. O cocheiro soltou um grito forte. Largou o chicote, tudo foi escurecendo ao seu redor e ele precisou segurar-se para não cair.

Quando, depois de algum tempo, o homem começou a voltar a si, a Pequena Bruxa estava ao seu lado e o ameaçou:

– Se você pegar no chicote mais uma vez, vai acontecer tudo de novo! Não se esqueça! Agora trate de dar o fora. Eia!

Obedecendo ao seu sinal, os cavalos saíram trotando. Um deles relinchou: – Obrigado!

E o outro levantou a cabeça fungando de alegria.

O cocheiro, sentado na boleia, parecia um montinho de infelicidade. Com o nariz inchado, jurou:

– Nunca mais na vida vou tocar num chicote!

Convidados na sexta-feira

A sexta-feira é para as bruxas o que o domingo é para as pessoas em geral. Assim como não trabalhamos aos domingos, as bruxas também não devem fazer bruxarias na sexta-feira. Se fizerem e forem descobertas, terão de pagar multa.

A Pequena Bruxa mantinha a tradição do descanso da

sexta-feira. Não queria cair em tentação de jeito nenhum. Na quinta-feira à noite ela guardava a vassoura e trancava o livro de bruxarias na gaveta da mesa. Quanto mais distantes, melhor. Às sextas-feiras ela costumava dormir até tarde. De fato, não podia fazer muita coisa pela manhã, já que as bruxarias estavam proibidas. Depois da refeição ia passear um pouco ou se sentava atrás do forno, numa sombrinha, e ficava sem fazer nada.

– Se dependesse de mim – ela murmurava de vez em quando –, só haveria sexta-feira a cada seis semanas. Seria o suficiente!

Era uma sexta-feira do fim do verão. Como sempre, a Pequena Bruxa estava sentada atrás do forno, entediada. Preferia mil vezes estar fazendo bruxarias. Em nenhum outro dia da semana ela tinha tanta vontade disso.

De repente, ouviu passos. Então bateram na porta.

– Já vai – gritou a bruxinha –, estou indo! – E, curiosa, foi correndo ver quem era.

Diante de sua casa havia duas crianças, um menino e uma menina. Estavam de mãos dadas e, ao verem chegar a bruxinha, cumprimentaram:

– Bom dia!

– Bom dia! – respondeu ela. – O que desejam?

– Queríamos saber o caminho até a cidade – disse o garoto.

– Nós nos perdemos.

– Colhendo cogumelos – completou a garota.

– Sei, sei – disse a bruxinha –, colhendo cogumelos.

Fez as crianças entrarem na casa, serviu-lhes café e deu um pedaço de bolo para cada uma. Então perguntou como se chamavam.

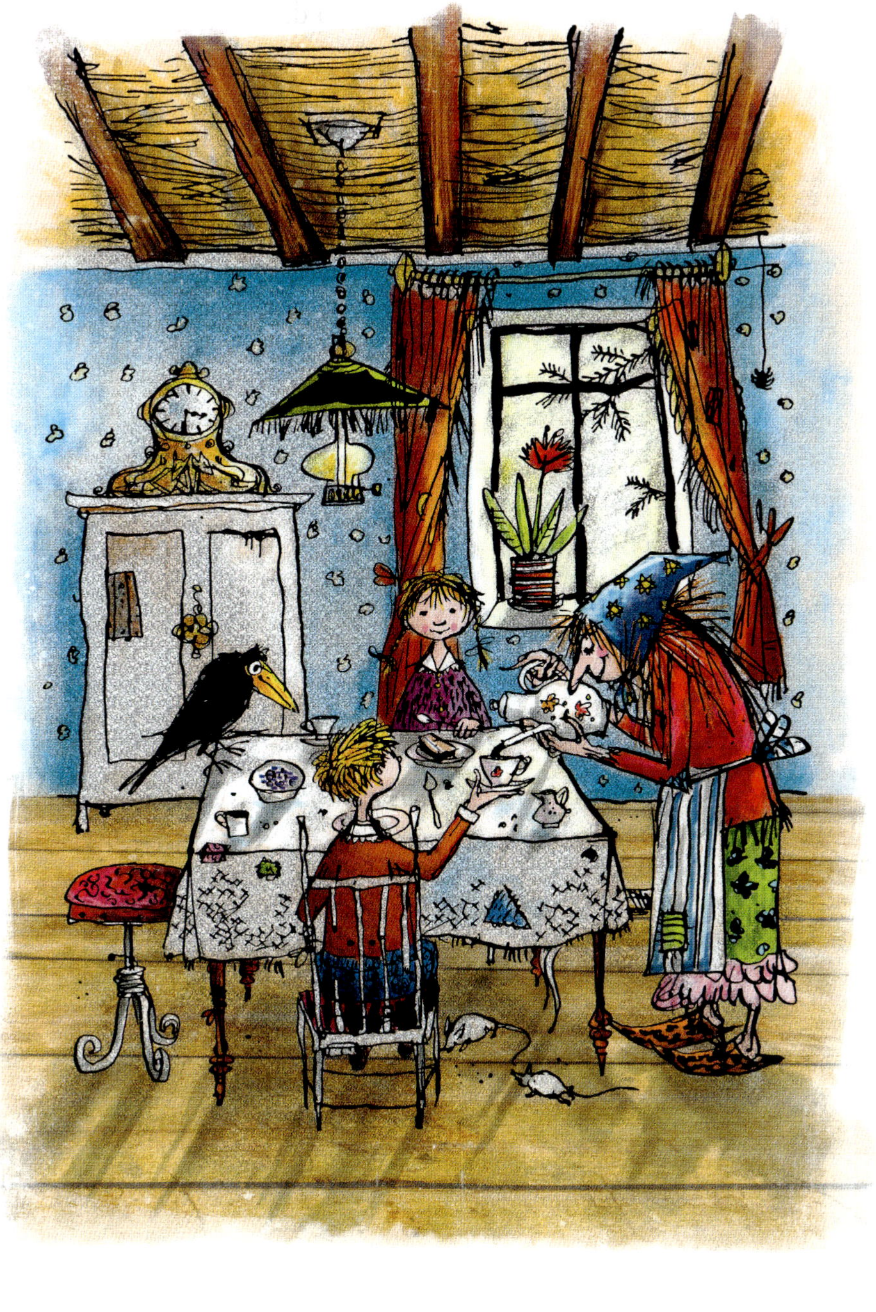

O menino se chamava Tomás e a menina, Veroni. Eram irmãos. Seus pais eram donos do restaurante "O Boi Duplo", que ficava quase em frente à fonte da feira.

– Conheço – disse a bruxinha.

– E você? – perguntou Tomás, afastando a xícara da boca –, quem é você?

Ela riu.

– Adivinhe...

– Como vou saber? Você é que deve dizer.

– Sou uma bruxa, e esta é minha casa.

– Nossa! – gritou a menina, assustada – Você é... uma bruxa de verdade, daquelas que fazem bruxarias?

– Não tenha medo! – disse o corvo, acalmando-a. – Ela é uma bruxa *boa*, não vai lhes fazer mal.

– Não, claro que não – disse a Pequena Bruxa, servindo-lhes mais café. Então perguntou: – Querem que lhes apresente uma bruxaria?

– Pare! – intrometeu-se Abraxas. – Você esqueceu que hoje é sexta-feira? Contenha-se!

A bruxinha não hesitou por muito tempo.

– É só fechar as janelas, ninguém vai perceber – disse ela, marota.

A Pequena Bruxa fechou e trancou todas as janelas. Então começaram as bruxarias. Fez aparecer um porquinho-da-índia, um *hamster* e uma tartaruga sobre a mesa da cozinha. O *hamster* e o porquinho-da-índia levantaram as patas da frente e dançaram. A tartaruga não quis.

– Vamos! – gritou a bruxinha. – Você também! – Assim, mesmo contra a vontade, a tartaruga foi obrigada a dançar.

– Muito bem! – disseram Tomás e Veroni. – Você também sabe!

– Isso foi só o começo – observou a bruxa. Fez sumir o porquinho-da-índia, o *hamster* e a tartaruga, e continuou as bruxarias. Muitas outras coisas engraçadas aconteceram. O forno teve de cantar uma música, no bule de café surgiram flores, no alto da parede o pilão e a colher de pau brincavam de teatro de bonecos. As crianças não se saciavam.

– Mais uma! – voltavam sempre a pedir.

A bruxinha fez mágicas durante duas horas, sem parar. Então ela disse: – Pronto, agora chega! Vocês precisam ir para casa!

– Já?

– É, está na hora, e vocês certamente querem chegar em casa antes de escurecer, não é?

Só então as crianças notaram que já era tarde. Pegaram seus cestinhos de cogumelos.

– Oh! – disse Tomás, surpreso. – Só havíamos achado alguns cogumelos, e agora os cestinhos estão cheios!

– Tudo é possível neste mundo! – gritou a bruxinha, fingindo espanto.

Rapidamente, ela pôs as crianças na estrada.

– Muito obrigada! – disse Veroni, ao se despedir. – Que tal nos visitar um dia? Vamos lhe mostrar todo o restaurante; a cozinha e o porão, o estábulo e o boi Korbiniano.

– Quem é esse? – perguntou Abraxas.

– É o nosso bicho de estimação! – gritou Tomás. – Dá até para montar nele! Vocês vão?

– Vamos – disse a Pequena Bruxa. – Qual seria um dia bom para vocês?
– Domingo em quinze dias – sugeriu Tomás. – É a festa do tiro ao alvo! Podemos nos encontrar no local da festa!
– Combinado – disse a bruxinha. – Domingo em quinze dias estaremos lá. Agora vão!
Tomás e Veroni se deram as mãos e foram caminhando para a cidade. A bruxinha voltou para casa, pensando: "Bom seria se todas as sextas-feiras passassem depressa como hoje!".
Quando ela voltou, havia uma nuvem muito escura sobre o telhado de sua casa.
– Viu só? – grasnou Abraxas. – A bruxa do tempo Rumpumpel estava espionando. Pela chaminé, provavelmente.
A bruxinha, desconcertada, ponderou:
– Pode muito bem ser uma nuvem escura comum. Pelo menos não estou vendo nenhuma vassoura...
Mas, no fundo, ficou muito preocupada. O que aconteceria se fosse de fato a tia Rumpumpel? Que azar! Ela iria imediatamente contar à bruxa-mor que a vira fazendo bruxarias na sexta-feira.
– Vamos esperar para ver o que acontece – disse, desanimada.
Ela esperou dia após dia, uma semana inteira. Mas nada aconteceu. Não foi chamada a comparecer diante da bruxa-mor nem recebeu nenhum castigo.
Aliviada, a bruxinha concluiu que não tinha sido, mesmo, a tia Rumpumpel!

Festa de tiro ao alvo meio enfeitiçada

Os sinos tocavam, os canhões espocavam, as pessoas, alegres, quase não encontravam lugar no gramado onde se realizava a festa. A bruxinha procurou por Tomás e Veroni. Ela abria caminho em meio à multidão; o corvo Abraxas estava quase torcendo o pescoço.

Onde estariam os dois irmãos?

Tomás e Veroni esperavam preocupados atrás da tenda da festa. Foi lá que a bruxinha os encontrou, depois de muita procura.

– Ora! – ela disse, balançando a cabeça. – O que houve? Ninguém pode fazer essas caras num domingo de festa!

– Nós podemos – disse Tomás. – Papai doou nosso boi como prêmio.

– O boi Korbiniano? – perguntou a Pequena Bruxa.

– É – soluçou Veroni –, como prêmio para o rei do tiro.

– Que vai abatê-lo e transformá-lo em churrasco – assegurou Tomás. – E depois todos os atiradores vão comê-lo juntos.

– Mas e se ninguém merecer ganhar o boi? – quis saber a bruxinha. – Tudo é possível...

– Isso não é possível – retrucou Tomás. – Festa de tiro ao alvo sem rei do tiro não existe.

– Ah, existe muita coisa que a gente nem imagina – disse a bruxinha. Ela já havia feito o seu plano. – Acompanhem-me, tudo vai dar certo!

Ressabiados, os dois seguiram a Pequena Bruxa de volta ao local da festa. Naquele momento aproximavam-se os atiradores. Na frente, de espada em punho, marchava o capitão; atrás, todo enfeitado com fitas e laços coloridos, o boi Korbiniano.

– Viva! – gritavam todos, esticando o pescoço, pois queriam acompanhar os tiros e ver quem iria ganhar o boi.

— Batalhão... Alto! – comandou o capitão de tiros. Os músicos da fanfarra tocaram seus trompetes.

— Silêncio! O capitão vai fazer um discurso! – pediam as pessoas.

— Tenho a honra de lhes dar as boas-vindas à nossa festa de tiro ao alvo – disse o capitão. – Nosso especial agradecimento vai para o proprietário do restaurante "O Boi Duplo", que nos doou um boi vivo para o primeiro prêmio.

— Viva! – a multidão voltou a gritar. – Viva a dono do boi! Palmas para o nobre doador!

Então o capitão brandiu a espada e concluiu: – Com isso declaro aberta a nossa festa!

No limite do gramado havia uma vara alta. Lá em cima estava presa uma águia de madeira. Os participantes deveriam acertá-la e derrubá-la.

Evidentemente, o capitão foi o primeiro a atirar... e a bala passou ao lado da águia.

– Isso acontece – disseram todos. Desconcertado, o capitão recuou.

Agora era a vez de o alferes tentar a sorte. Ele apontou e atirou... e novamente a bala só passou perto.

As pessoas começaram a dar risadinhas. E logo já estavam gargalhando. De fato, podia acontecer que alguém não acertasse o alvo. Mas todos os tiros de todos os atiradores estavam passando ao lado da águia! Era de morrer de rir! Onde já se viu uma coisa dessas?

– Incrível! – resmungou embaraçado o capitão dos atiradores, mastigando o bigode. Tinha vontade de se enterrar, de tanta vergonha. Não podia imaginar que a bruxinha havia enfeitiçado a sua arma e as de todos os outros atiradores.

Mas os filhos do dono do boi, sim, podiam imaginar! A cada tiro malogrado, iam ficando mais alegres.

– Ótimo! – gritavam – Ótimo!

Depois que o último atirador tentou em vão acertar o alvo, a Pequena Bruxa cochichou para Tomás:

– Agora vá você!

– Eu? O que vou fazer lá?

– Atirar!

O garoto entendeu. Avançou até o ponto marcado diante da vara.

– Eu vou derrubar a águia.

– Você, pixotinho? – exclamou o capitão, já querendo mandá-lo embora.

Mas os outros interferiram:

– Não, ele deve tentar! Nós queremos!

Estavam todos achando que ia ser muito engraçado. Irritado, o capitão disse:

– Por mim... Ele não terá muita sorte.

Tomás pegou uma espingarda. Empunhou-a como um adulto experiente e apontou.

Todos pararam de respirar. Puseram-se na ponta dos pés, olhando tensos para a águia.

Uma faísca, um estampido. A águia caiu da vara... e Tomás era o rei do tiro!

– Viva! – gritaram todos, abanando os chapéus. – Viva Tomás! O Tomás do dono do boi ganhou o boi!

A multidão invadiu o local da festa, levantando o feliz atirador.

– O boi! Ele vai montar no boi!

– Eu também! – gritou Veroni.

– Suba! – disse Tomás. – O boi também é seu.

Se dependesse deles, a bruxinha também teria subido no lombo do boi Korbiniano. Mas ela não quis. Tomás e Veroni foram montados no boi até a cidade.

Na frente ia a banda, tocando alegres marchinhas. Atrás, o capitão e seus atiradores, com as caras mais sem graça do mundo. As pessoas acenavam entusiasmadas e gritavam:

– Bravo! Viva o rei do tiro!

Um repórter conseguiu chegar até as crianças. Abriu o caderninho de anotações e perguntou:

– E então, quando o boi vai virar churrasco?

– O boi não será abatido – retrucou Tomás. – Vai para o estábulo e lá ficará.

Os sinos tocaram, os canhões espocaram, e ninguém notou a presença da Pequena Bruxa, que, atrás da tenda da festa, montou na vassoura e foi embora.

– Você conseguiu mais uma vez! – elogiou Abraxas. – Acho que com isso deu para compensar as bruxarias daquela sexta-feira.

O *vendedor de castanhas*

Já era inverno. Em torno da casa da Pequena Bruxa assobiava uma tempestade de neve, sacudindo as janelas. A bruxinha nem ligava. Dia após dia, ficava sentada diante do forno se aquecendo, com os pés enfiados nas suas pantufas de feltro. De vez em quando, batia palmas, e então um pedaço de lenha pulava de uma caixa ao lado e ia direto para o fogo. Quando sentia vontade de comer maçãs assadas, bastava estalar os dedos. Imediatamente algumas maçãs vinham rolando da despensa e pulavam dentro da assadeira.

O corvo Abraxas se deliciava. Ele não se cansava de dizer:

– Assim é fácil suportar o inverno.

Mas, com o tempo, aquela vida de preguiça ia perdendo a graça. Um dia, a bruxinha falou, mal-humorada:

– Será que vou ficar o inverno inteiro sentada na frente do forno aquecendo as costas? Preciso de movimento e ar fresco. Venha, vamos voar!

– O quê?! – gritou Abraxas, horrorizado. – Por acaso está pensando que eu sou pinguim? Não, não gosto desse frio. Muito obrigado pelo convite! É melhor ficarmos em casa, no quentinho.

– Tudo bem, você é que sabe – respondeu a Pequena Bruxa. – Por mim, pode ficar em casa. Eu vou sozinha. Não tenho medo do frio, é só me agasalhar bem.

A bruxinha vestiu sete saias, uma sobre a outra. Amarrou um lenço de lã enorme na cabeça, calçou botas de inverno e dois pares de luvas. Depois de pronta, aprumou-se na vassoura e saiu pela chaminé.

Estava um frio de rachar! Uma grossa camada de gelo cobria as árvores. O musgo e as pedras tinham desaparecido sob a neve. Aqui e ali viam-se marcas de trenó, e pegadas humanas cruzavam a floresta.

A bruxinha dirigiu a vassoura para a cidadezinha mais próxima. Os quintais estavam todos brancos. A torre da igreja tinha um capuz de neve. De todas as chaminés saía fumaça. De passagem, a Pequena Bruxa ouvia os camponeses e seus ajudantes moerem o trigo nos celeiros: rum-pum-pum, rum-pum-pum.

Nas colinas que ficavam atrás da cidadezinha, ouvia-se o burburinho das crianças andando de trenó. Havia também esquiadores, que desciam a encosta apostando corrida. Pouco depois, a bruxinha avistou um carro limpa-neve na estrada. Ela o seguiu por algum tempo e acabou se juntando a uma gralha que voava para a cidade.

A bruxinha pensou em entrar na cidade e andar um pouco para se aquecer, pois, apesar das sete saias e dos dois pares de luvas, estava com muito frio.

Dessa vez não precisou esconder a vassoura e colocou-a no ombro. Parecia uma velhinha comum, que ia varrer a neve. Quem a visse não imaginaria coisa diferente. As pessoas tinham pressa e passavam por ela com a cabeça enfiada no agasalho.

A bruxinha tinha vontade de dar uma olhada nas vitrines das lojas, mas uma fina camada de gelo cobria os vidros. A fonte estava congelada, e nas placas dos restaurantes pendiam longas pontas de gelo.

Na praça da feira havia uma banquinha estreita de madeira pintada de verde. Diante dela, havia um pequeno fogareiro de ferro e, atrás do fogareiro, virado para a banquinha, estava um homenzinho corcunda. Ele vestia um longo casaco de cocheiro e sapatos de feltro. Havia levantado a gola do casaco e puxado o gorro para baixo, até o rosto. De vez em quando, o homenzinho espirrava. As gotas de sua saliva caíam na chapa do fogareiro e chiavam.

– O que está fazendo aqui? – perguntou a bruxinha.
– Não está vendo?... Atchim!... Estou assando isto.
– E o que é isso?
– São castanhas – explicou o homenzinho. Então, ele levantou a tampa do fogareiro e perguntou: – Quer algumas? Dez centavos o saquinho pequeno e vinte o maior. Atchim!

O aroma das castanhas assadas penetrou nas narinas da bruxinha.

– Gostaria muito de prová-las, mas não tenho dinheiro.
– Então, excepcionalmente, vou-lhe dar algumas – disse o homenzinho. – Neste frio de rachar, vai fazer bem você comer alguma coisa quente. Atchim!

O homenzinho se assoou com os dedos. Então pegou um punhado de castanhas do fogareiro e jogou-as num saquinho de papel de embrulho. Dando-as à bruxinha, ele disse:

– Tome! Mas descasque-as antes de comer.
– Muito obrigada! – disse a Pequena Bruxa, e provou uma. – Hum, que delícia! – exclamou, admirada. – Sabe, dá para ter inveja de você. Tem um trabalho leve e não precisa morrer de frio, pois fica junto do fogo.

– Não diga isso! – retrucou o homenzinho. – Quando se fica o dia inteiro na friagem, é impossível não sentir frio. O fogareiro não ajuda muito. E os dedos ficam queimados de tanto pegar as castanhas quentes. Atchim! E o que mais? Meus pés parecem duas pedras de gelo, pode acreditar. E o

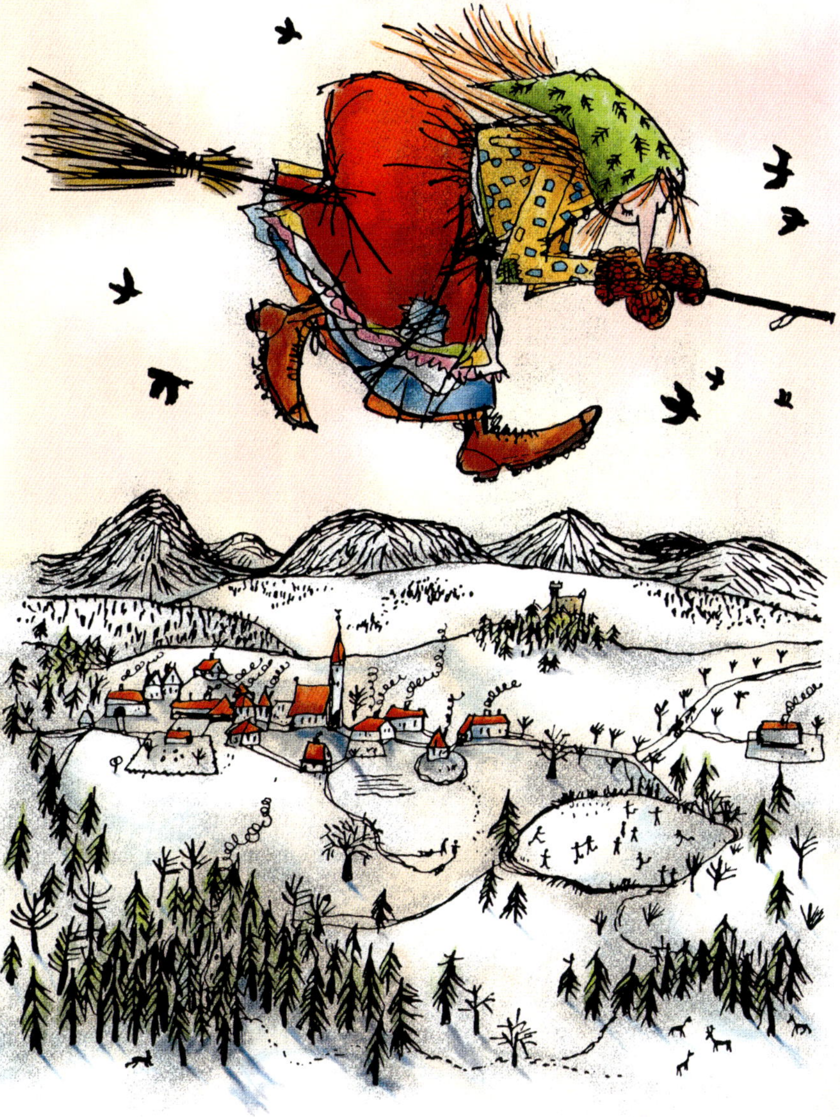

nariz? Não parece uma bola vermelha? Não consigo me livrar desse resfriado. É desesperador!

Como se quisesse enfatizar o que acabava de dizer, o homenzinho espirrou novamente. Espirrou com tanta força, que a banquinha de madeira balançou e o barulho ecoou pela praça.

"Posso ajudá-lo!", pensou a bruxinha. "Vamos ver..." Ela murmurou uma fórmula mágica, bem baixinho. Depois perguntou:

– Ainda está com frio nos pés?

– No momento, não – disse o homenzinho. – Acho que esquentou um pouco. Estou notando pela ponta do nariz. O que houve?

– Não sei de nada – disse a Pequena Bruxa. – Agora preciso voar para casa.

– Voar... para casa?

– Eu falei voar? Acho que ouviu mal.

– Pode ser – disse o homenzinho. – Até logo!

– Até logo – disse a Pequena Bruxa. – E muito obrigada!

– De nada, não tem de quê!

Logo depois vieram dois garotos, gritando:

– Rápido, rápido, senhor, um saquinho para cada um!

– Claro, claro, dois saquinhos!

O homem pegou as castanhas na chapa do fogareiro. Pela primeira vez na vida ele não queimou os dedos com as castanhas quentes. E a partir de então não se queimou mais de jeito nenhum. Também nunca mais sentiu frio nos pés. Nem no nariz. O resfriado desapareceu para sempre. E, quando tinha vontade de espirrar, o vendedor de castanhas precisava cheirar uma pitada de rapé.

Melhor do que sete saias

Quando a bruxinha voltou para casa ao escurecer, o corvo Abraxas logo quis saber como tinha sido o passeio. Mas ela retrucou batendo os dentes:
– D-depois eu cont-to. Prim-meiro pr-preciso f-fazer um ch-chá, p-porque est-tou com tant-to f-frio que m-mal pos-so f-falar.
– Está vendo? – grasnou Abraxas. – Foi nisso que deu você insistir em querer passear! Você não quis seguir meus conselhos...
A Pequena Bruxa fez um bule enorme de chá de ervas. Pôs muito açúcar e sorveu a bebida quentinha. Logo se sentiu mais aquecida. Depois foi tirando as saias até chegar à última, descalçou as botas e as meias, enfiou as pantufas de feltro e disse:
– Não há dúvida de que senti um frio terrível. Mas uma coisa eu digo: foi ótimo, apesar de tudo!
A bruxinha se sentou no banquinho junto ao forno e começou a contar. Abraxas ouviu calado. Quando ela terminou a história do vendedor de castanhas, o corvo interrompeu e objetou:
– Sabe, já não estou entendendo mais nada! Você ajuda esse vendedor de castanhas com suas bruxarias contra o frio,

mas não fez o mesmo para si mesma? O que eu, um corvo razoável, devo pensar disso?

– Como assim? – perguntou a bruxinha.

– Como se explica? Se eu fosse você e soubesse fazer bruxarias, certamente não teria precisado de chá de ervas para me aquecer! Não deixaria a situação chegar a esse ponto!

– Mas eu fiz tudo o que podia! – disse ela. – Calcei dois pares de luvas, botas de inverno, pus o lenço de cabeça e vesti sete saias...

– Ah, sei! – gritou Abraxas. – Eu faria contra o frio algo melhor do que sete saias!

– Melhor do que sete saias?

– Muito melhor! Ou não sou um corvo e não me chamo Abraxas!

A Pequena Bruxa não estava entendendo.

– Diga uma coisa, na sua opinião, o que foi que eu deixei

de fazer? – ela perguntou. – Mas diga com clareza, não fale sempre por meias palavras.

– Eu, por meias palavras? – espantou-se Abraxas. – Mais clareza, impossível. Se você pode fazer bruxarias para o vendedor de castanhas não sentir frio, então por que não pode fazer o mesmo por você?

– Ah! – gritou a bruxinha, batendo na testa. – É verdade! Como não tive essa ideia antes? Você tem razão! Afinal, para que eu sou bruxa?

– Justamente, justamente! – concordou Abraxas. – Às vezes você parece se esquecer disso. Ainda bem que tem alguém que de vez em quando faz você lembrar!

A bruxinha balançou a cabeça enfaticamente e disse:

– É verdade, é verdade. De fato, você é o corvo mais inteligente que já saiu de um ovo! É claro que vou seguir seu conselho agora mesmo. E, se você concordar, também vou dizer uma fórmula mágica para você não sentir frio e não precisar mais ficar em casa quando eu sair.

– Sem dúvida! – disse Abraxas. – É bom mesmo que você faça alguma coisa por mim também!

A bruxinha fez uma bruxaria para ela e o corvo não sentirem mais frio. A partir de então, os dois podiam sair para passear com o frio mais rigoroso. Eles nem notavam o gelo. Não precisavam vestir roupas quentes nem tomar chá de ervas ao voltar para casa.

E também não ficavam resfriados, embora saíssem quase todos os dias.

*Boneco de neve,
querido boneco!*

Era um dia lindo e ensolarado de inverno. O céu azul-claro resplandecia. A neve brilhava branca e pura como um lençol limpinho. A bruxinha estava sentada com o corvo Abraxas na orla da floresta, tomando sol. De repente, ouviram por perto vozes de crianças e um ruído muito alegre. A bruxinha pediu para Abraxas ir ver o que estava acontecendo. Depois de alguns instantes o corvo voltou, dizendo:

– São algumas crianças, uns pixotes de seis ou sete anos. Estão fazendo um boneco de neve ali na campina, atrás daquela sebe.

– Quero ver! – disse a bruxinha. E, como a campina atrás da sebe não ficava muito longe, ela foi a pé.

O boneco de neve acabara de ficar pronto. Tinha um longo nariz de cenoura e olhos de carvão. Seu chapéu era uma panela velha e amassada. Na mão direita ele segurava uma vassoura de piaçava.

As crianças não notaram a presença da bruxinha, que tinha surgido por trás da sebe. De mãos dadas, elas dançavam em volta do boneco de neve, cantando:

"Boneco de neve, querido boneco,
é tão branquinho o seu jaleco!
Para abrigar o cabeção
um enorme panelão!
Nariz de cenoura, uma vassoura, mas que arrepio...
Boneco, querido boneco, não está com frio?"

A bruxinha se comoveu com o boneco de neve e com as crianças. Teve vontade de dançar com elas.

Mas de repente surgiram da floresta alguns meninos já grandes, sete ao todo. Avançaram sobre o boneco de neve aos gritos e o derrubaram. Pisotearam a panela, quebraram a vassoura ao meio. E esfregaram neve nos rostos das crianças, que antes dançavam com tanta alegria. Ninguém sabe o que mais teriam feito se a Pequena Bruxa não tivesse interferido.

– Ei! – gritou ela, furiosa com os moleques. – Deixe essas

crianças em paz! Se não pararem, vou dar umas vassouradas em vocês!

Os moleques se afastaram. Mas o boneco de neve tinha desmoronado e as crianças estavam tristes e cabisbaixas. Era compreensível. Para consolar as crianças, a Pequena Bruxa sugeriu:

– Que tal vocês fazerem outro boneco de neve?

Mas elas disseram:

– Ah, se fizermos outro boneco de neve, os moleques vão destruí-lo de novo. Além disso, não temos outra vassoura, eles quebraram a única que tínhamos.

– Acho que foi só impressão – disse a bruxinha, curvando-se sobre a vassoura quebrada. – Deem só uma olhada!

Ela mostrou a vassoura às crianças e elas viram que estava inteira.

– Podem começar a fazer o boneco! – encorajou a bruxinha. – E não tenham medo dos grandões. Se voltarem, terão o que merecem. Podem ter certeza!

As crianças se convenceram e começaram a fazer um outro boneco de neve. Era até mais bonito e imponente do que o primeiro, pois a bruxinha colaborou.

O novo boneco de neve ficou pronto e, pouco depois, os sete moleques reapareceram aos gritos, saindo da floresta. As crianças se assustaram e quiseram fugir.

– Fiquem! – gritou a Pequena Bruxa. – Vejam o que vai acontecer!

O que aconteceu quando os sete avançaram? De repente o boneco de neve começou a se mexer. Foi caminhando na direção dos meninos, brandindo a vassoura como se fosse uma mão de pilão.

No primeiro ele deu uma vassourada por cima do gorro. No segundo deu um soco no nariz com a mão esquerda. Pegou o terceiro e o quarto pelos cabelos e bateu a cabeça de um contra a do outro, com tanta força que os dois até gemeram. Depois ele arremessou o quinto contra o sexto, e os dois caíram levando o sétimo de quebra.

Nocauteados os sete, o boneco de neve pegou a vassoura e varreu um monte de neve por cima deles.

Por essa os grandões não esperavam!

Queriam pedir socorro, mas quando tentavam só conseguiam engolir neve. Desesperados, eles esperneavam e agitavam os braços. Quando finalmente conseguiram levantar-se, saíram correndo para bem longe.

O boneco de neve caminhou tranquilamente para seu lugar e se imobilizou. Ficou ali, como se nada tivesse acontecido.

As crianças comemoravam, porque os grandões certamente nunca mais voltariam. E a bruxinha ria tanto de mais essa travessura, que as lágrimas escorriam de seus olhos, a ponto de o corvo Abraxas gritar, assustado:

– Pare, pare, você vai acabar explodindo!

Quer apostar?

Como aqueles dois negrinhos chegaram à rua principal da cidadezinha coberta de neve? E desde quando havia turcos e índios na região? Turcos de gorros vermelhos e calções largos pelos joelhos... e índios de rostos pintados e brandindo longas lanças por cima da cabeça?

– Devem ser de circo – opinou o corvo Abraxas. Mas os dois negrinhos não eram de circo, muito menos os turcos e índios. Havia ainda chinesinhas e um canibal, esquimós, um xeque árabe e um chefe dos hotentote, que também não eram de circo. Acontece que era terça-feira de carnaval.

As crianças tinham sido dispensadas da escola à tarde e brincavam fantasiadas pela praça.

Os pequenos turcos jogavam serpentes de papel. O chefe dos hotentotes rugia: – Uaaah! Uaah! – O canibal gritava: – Que fooome! Quem é que vou comeeer?

As chinesinhas fingiam conversar em chinês, as esquimós balbuciavam na língua dos esquimós e os caubóis atiravam para o ar com espingardas de rolha. O limpador de chaminés girava seu cilindro, o polichinelo batia com a tarimba no turbante do xeque e o chefe dos salteadores Jaromir fazia caretas tão horrendas que seu bigode até descolava de cima da boca.

– Bruxinha, veja ali! – exclamou Abraxas, depois de um tempo.

– Onde?

– Lá, na frente do quartel dos bombeiros! Aquela ali, com a vassoura comprida!

– Ah, é! – gritou a bruxinha. – Aquela eu preciso ver de perto!

Ela foi até a bruxa fantasiada e disse:
– Bom dia!

– Bom dia! – respondeu a bruxa. – Por acaso você é minha irmã?

– Pode ser – disse a bruxinha verdadeira. – Quantos anos você tem?

– Doze. E você?

– 127 e meio.

– Muito engraçado! – gritou a bruxa do carnaval. – Preciso guardar essa! A partir de agora quando as crianças perguntarem pela minha idade, vou dizer: 259 e três quartos!

– Mas eu tenho mesmo essa idade!

– É, eu sei, você é bem velhinha mesmo! E também sabe fazer bruxarias e voar de vassoura!

– E como sei! – gritou a bruxinha verdadeira. – Quer apostar?

– É melhor não – disse a bruxa fantasiada. – Você não sabe nada disso.

– Quanto você quer apostar? – insistiu a bruxinha verdadeira.

A bruxa de mentira riu e gritou:

– Chinesinhas! Turcos e negros! Venham todos! Xeque, esquimós e canibal! Esta bruxinha sabe voar de vassoura!

– Não é possível – disse o polichinelo.
– É, sim – disse a bruxa fantasiada. – Ela quis apostar comigo! Agora vai ser obrigada a mostrar se está dizendo a verdade!

Num instante as duas bruxas foram rodeadas por todas as crianças. O limpador de chaminés e o chefe dos salteadores Jaromir, o polichinelo e o índio, o chefe hotentote, os turcos e negrinhos, todos se acotovelavam, rindo e gritando.

– Está querendo nos fazer de bobas? – gritaram as esquimós.

– Vamos acabar amarrando você no tronco! – ameaçou o índio Nuvem Sangrenta.

– Se você mentir – rugiu o canibal –, vou devorá-la! Está ouvindo? Saiba que estou com fooome!

– Pode até me devorar – disse a bruxinha –, mas depressa, antes que eu desapareça!

O canibal quis agarrar a bruxinha pela gola. Mas ela foi rápida. Saltou na vassoura e... vuff!... levantou voo.

O canibal caiu por cima dos outros, de tanto susto. Negros e turcos, chinesinhas e esquimós, todos pareciam ter engolido a língua, de tão calados. O xeque deixou cair o turbante, o chefe dos salteadores esqueceu as caretas. Nuvem Sangrenta, o índio guerreiro, empalideceu por trás da pintura no rosto. Os negrinhos ficaram brancos, mas não deu para perceber, pois continuavam com o rosto coberto de pó de carvão.

A Pequena Bruxa gargalhava, voando em torno da praça. Então ela pousou no telhado do quartel dos bombeiros e acenou para baixo. O corvo Abraxas saltitava no seu ombro e grasnava:

– Ei, vocês aí embaixo! Agora acreditam que ela faz bruxarias?

– E posso fazer muito mais! – disse a bruxinha.

– O canibal estava com tanta fome...

Ela estalou os dedos e murmurou alguma coisa. Então caiu sobre a praça uma chuva de sonhos e panquecas doces. Aos gritos, as crianças avançaram sobre as guloseimas e comeram até não poder mais. O canibal não desprezou os sonhos, embora não fizessem parte do seu cardápio habitual.

Só a bruxa fantasiada não comeu nada. Ela olhava para a bruxa de verdade, que estava indo embora montada na sua vassoura, e pensava:

– Como é possível, como é possível? Afinal, ela deve ter mesmo 127 anos e meio.

Carnaval na floresta

– Carnaval é uma coisa fantástica! – pensava em voz alta o corvo Abraxas enquanto, à noite, os dois esperavam as maçãs assadas ficarem prontas. – Pena que aqui na floresta ele quase não exista.
– Carnaval na floresta? – perguntou a bruxinha, tirando os olhos da meia que ela tricotava. – E por que aqui não poderia haver carnaval?
E o corvo respondeu: – Não sei. Mas é assim, e não dá para fazer nada.
A Pequena Bruxa sorriu para si mesma, pois o corvo acabara de lhe dar uma ótima ideia. Mas a princípio ficou calada. Levantou-se e foi buscar as maçãs. Depois de comê--las, disse:
– A propósito, meu caro Abraxas, quero que me faça um favor... Amanhã, voe pela floresta e diga aos animais que encontrar para virem aqui, à minha casa, à tarde.
– Tudo bem – disse Abraxas. – Mas os animais vão querer saber o *porquê* do convite. O que devo responder?
– Responda que estou convidando todos para o carnaval.
– O quê? – gritou Abraxas, como se não tivesse ouvido bem. – Você disse carnaval?!
– Foi – confirmou a bruxinha. – Estou convidando todos para o carnaval, o carnaval na floresta.

O corvo encheu a bruxinha de perguntas. Queria saber o que ela pretendia e se no carnaval dela também haveria negros, chinesas e esquimós.

– Espere! – disse a Pequena Bruxa. – Se eu lhe disser tudo hoje, você não vai se divertir tanto amanhã.

E ficou nisso.

No dia seguinte, o corvo Abraxas voou pela floresta e avisou aos animais que era para estarem na casa da bruxinha à tarde. E que passassem o recado para quem encontrassem. Quanto mais animais fossem ao carnaval, tanto melhor.

À tarde chegaram animais de todas as partes: esquilos, renas e coelhos, dois veados, uma dúzia de lebres e um exército de ratinhos-do-mato. A bruxinha deu-lhes as boas-vindas e, estando todos reunidos, disse:

– Agora vamos brincar o carnaval!
– Como se faz isso? – guincharam os ratinhos.
– Hoje cada um deve ser diferente do que é normalmente – explicou a bruxinha. – É claro que vocês não podem fantasiar-se de chineses e turcos, em compensação eu posso fazer bruxarias!

Ela havia pensado muito sobre as bruxarias possíveis.

No coelho ela plantou chifres de veado e, no veado, orelhas de coelho. Fez os ratinhos-do-mato ficarem do tamanho das lebres e as lebres, do tamanho dos ratinhos. Nas renas colocou pelos vermelhos, azuis e verdes; nos esquilos, asas de corvo.

– E eu? – disse Abraxas. – Espero que não tenha se esquecido de mim!

– Claro que não – falou a bruxinha. – Você vai ganhar rabo de esquilo!

Em si mesma ela colocou olhos de coruja e dentes de cavalo. Ficou quase tão feia quanto a tia Rumpumpel. Todos estavam transformados e a festa já podia começar. Mas de repente ouviram uma voz rouca vinda do forno.

– Posso brincar também? – perguntou a voz. Os animais se entreolharam surpresos, quando viram uma raposa se insinuar lá do canto do forno. – Não fui convidada – disse a raposa –, mas certamente vocês não se oporão a que eu tome a liberdade de participar do carnaval...

O coelho balançou temeroso os chifres de veado, os esquilos voaram, por medida de precaução, para dentro da casa e os ratinhos se esconderam atrás da bruxinha, em busca de proteção.

– Para fora com ela! – gritaram indignadas as lebres.
– Era só o que faltava! Nem aqui estamos a salvo dessa sem-vergonha! E agora, que estamos pequenas como ratinhos, é mais perigoso ainda!

A raposa se mostrou ofendida.

– Ora, estou sendo educada... – e balançando o rabo, ela pediu à bruxinha: – Por favor, deixe-me participar!
– Se prometer que não fará mal a ninguém...
– Prometo – disse ela, dissimulada. – Dou a minha palavra. Se eu não a cumprir, juro que pelo resto da vida só vou comer batatas e nabo!
– Isso seria o fim para você – disse a bruxinha. – Não queremos que as coisas cheguem a esse ponto!

Mas, desconfiando daquelas belas palavras, a Pequena Bruxa pôs na raposa um bico de pato.

Agora os outros animais estavam tranquilos, pois mesmo que quisesse a raposa não poderia devorá-los. Nem as lebres encolhidas tinham por que temê-la.

O carnaval na floresta durou até tarde da noite. Os esquilos brincavam de pegador; o corvo Abraxas, com rabo de esquilo, brincava com as renas coloridas: as lebres saltitavam em torno da raposa de bico de pato; e os ratinhos-do-mato, erguidos sobre as patas traseiras, guinchavam para os veados:

– Não se iludam, vocês agora não são muito maiores do que nós!

Os veados nem se importavam. Levantavam ora a orelha direita, ora a esquerda e pensavam: "É carnaval!".

Finalmente, quando a lua já estava alta, a bruxinha disse: – Aos poucos podemos ir terminando a festa. Mas antes de vocês irem para casa, vou lhes oferecer alguma coisa para comer!

Para as renas e os veados ela fez aparecer uma carroça de feno; para os esquilos, uma cesta cheia de avelãs; para os ratinhos, aveia e faia. Para cada coelho e cada lebre, ela deu meio repolho. Mas antes disso ela devolveu a cada um dos animais sua forma e sua cor de antes... menos à raposa.

– Desculpe – grasnou a raposa, com seu bico de pato –, será que também não poderia receber meu lanche? Se você dá comida para as renas e os coelhos, por que não para mim?

– Tenha paciência – disse a bruxinha –, você não vai ficar de fora. Espere até os outros convidados se despedirem. Até lá... você já sabe!

A raposa teve de esperar até o último ratinho-do-mato voltar para sua toca. Então, finalmente, a Pequena Bruxa a liberou do bico de pato. Aliviada, a raposa arreganhou os dentes e, esfomeada, passou a devorar avidamente as salsichas que surgiram à sua frente, no meio da neve.

– Estão gostosas? – perguntou a bruxinha.

Mas a raposa estava tão ocupada com as salsichas que não respondeu. Na verdade, não deixava de ser uma resposta.

Os colegas do boliche

O sol espantara o inverno. O gelo derretera, a neve desaparecera. Por toda parte já desabrochavam as flores da primavera. Os campos estavam lindos, cheios de amentilhos prateados; as bétulas e as aveleiras estavam carregadas de botões.

Não era de se estranhar que, naqueles dias, todo mundo que a bruxinha encontrava estivesse de bom humor. Estavam contentes com a primavera, achando bom que o inverno tivesse chegado ao fim. Queriam descansar um pouco da luta para enfrentá-lo.

Certo dia, a Pequena Bruxa estava passeando pelos campos, quando encontrou uma mulher. Sua expressão era tão triste que a bruxinha ficou com o coração apertado.

– O que você tem? – ela perguntou, interessada. – A tristeza do seu rosto não combina com esse tempo bonito! Você ainda não notou que estamos na primavera?

– Primavera? – disse a mulher, com voz sombria. – Ah, é, pode até ser. Mas o que adianta? Primavera ou inverno, para mim tanto faz. Os mesmos problemas, as mesmas preocupações. Preferia estar morta e enterrada.

– O quê?! – gritou a bruxinha. – Onde já se viu falar em morrer na sua idade? Conte-me o que a entristece, então veremos se posso ajudá-la.

– Com certeza você não pode me ajudar – suspirou ela. – Mesmo assim, posso contar minha história. É meu marido. Ele trabalha na carpintaria. Seu trabalho não rende grandes fortunas. Mas teríamos o suficiente para não morrer de fome se o meu marido não gastasse todo o dinheiro no boliche! O que ganha trabalhando durante o dia ele desperdiça todas as noites, com seus colegas de boliche. Para mim e as crianças não sobra nada. Não é um bom motivo para querer me ver debaixo da terra?

– Ora, mas você não tentou levar seu marido para o bom caminho? – perguntou a bruxinha.

– E como tentei! – disse a mulher. – Mas seria mais fácil amolecer uma pedra. Ele não me ouve, não adianta falar.

– Se as palavras não adiantam, então é preciso mostrar-lhe as coisas de outra maneira! – sugeriu a bruxinha. – Amanhã, traga-me alguns fios de cabelo dele. Um tufinho é suficiente. Então veremos o que fazer.

A mulher do carpinteiro fez o que a bruxinha mandou. No dia seguinte, logo cedo, ela foi ao campo e entregou um tufo de cabelos de seu marido à Pequena Bruxa.

– Esta noite, enquanto ele dormia, cortei-lhe esse tufo de cabelos – ela disse. – Aqui está! Mas não posso imaginar para que pode servir.

– Não serve para você nem para mim – disse a bruxinha, misteriosa. – Agora vá para casa e espere tranquilamente. Seu marido vai perder completamente a vontade de jogar boliche. Em menos de uma semana ele estará curado!

A mulher foi para casa sem entender nada. A Pequena Bruxa, em compensação, sabia muito bem o que estava fazendo. Enterrou o cabelo do carpinteiro na encruzilhada mais próxima. Depois pronunciou três fórmulas mágicas. Finalmente, fez com a unha uma marca na areia, no local exato onde havia enterrado o cabelo. Deu uma piscadela para Abraxas e disse:

– Resolvido! Agora o carpinteiro que se prepare! Naquela noite, o carpinteiro foi de novo para o boliche. Bebeu sua cerveja com os colegas e sugeriu:

– Vamos começar?
– Vamos! – gritaram todos.
– Quem é o primeiro?
– Quem quis começar! – disseram.

– Muito bem – concordou ele, pegando a bola de boliche.
– Vou derrubar nove de uma só vez. Prestem atenção!
Primeiro tomou fôlego, depois jogou a bola.
A bola rolou aos trambolhões pela pista. Como um tiro de canhão, bateu na primeira baliza, bruum!, e ela quebrou. A bola continuou quebrando tudo, fazendo um barulhão. Até na parede ela abriu um buraco enorme.
– Epa! – gritaram seus colegas. – O que você está fazendo? Quer destruir todo o boliche?
– Estranho – murmurou o carpinteiro. – A bola devia estar com defeito. Da próxima vez vou pegar outra.
Quando chegou sua vez de novo, o resultado foi pior ainda, embora ele tenha pegado a bola menor de todas. Ela despedaçou duas balizas, fazendo zunir os ouvidos dos colegas. E abriu mais um buraco na parede.
– Escute aqui! – gritaram os outros homens, ameaçando o carpinteiro. – Ou você joga com menos força, ou vai ter que parar de jogar!
O carpinteiro prometeu:
– Vou fazer o possível!
Na terceira vez ele jogou com maior cuidado do que nunca. Pegou a bola com apenas dois dedos, mas... catapumba!, ela passou entre as balizas e bateu com toda violência na coluna!
A coluna desmoronou e a metade do telhado caiu. Tábuas e pedaços de viga despencaram; grades, esquadrias e telhas vieram abaixo. Parecia um terremoto.
Pálidos de susto, os jogadores de boliche entreolhavam-se atônitos. Ao se recuperarem do primeiro choque, pega-

ram seus copos de cerveja e, encolerizados, lançavam-nos contra o carpinteiro, gritando:

— Fora! Vá embora! Não queremos conversa com quem destrói as coisas sem mais nem menos! De agora em diante vá jogar com quem quiser, contanto que não seja aqui!

O que aconteceu com o carpinteiro também aconteceu nas noites seguintes, em outros boliches da sua cidade e das cidades vizinhas. Depois do terceiro lance, o teto vinha abaixo. Daí, copos de cerveja se lançavam sobre ele e os outros jogadores o expulsavam. Em menos de uma semana ele já não podia jogar em nenhum boliche das redondezas. Onde o carpinteiro aparecia, os outros diziam:

— Minha nossa, é ele! Depressa, levem embora as balizas e escondam as bolas! Jogo de boliche nas mãos desse homem é desgraça na certa!

Por fim só lhe restou desistir de uma vez por todas. O carpinteiro deixou de ir jogar boliche todas as noites. No começo, ele não achava graça em ficar em casa, mas com o tempo foi se acostumando, pois disso a bruxinha também cuidou com sua fórmula mágica.

Com ajuda dela, a mulher e os filhos do carpinteiro não precisaram mais passar fome. Era o que a bruxinha queria para ficar satisfeita.

Grudados na árvore

O corvo Abraxas era um solteirão incorrigível. Ele costumava dizer:

– Quando se é solteiro, vive-se muito melhor. Primeiro, não é preciso construir um ninho. Segundo, também não é preciso ficar brigando com a mulher. E, terceiro, não é preciso cuidar de meia dúzia de corvinhos a cada ano. Os filhotes sugam o que podem dos pais e depois batem asas e tomam seu rumo. Sei disso pelos meus irmãos, todos eles casados há muito tempo, e não queria estar no lugar de nenhum deles.

O irmão preferido do corvo Abraxas chamava-se Krex. Ele tinha seu ninho no velho olmeiro às margens do lago dos patos, na cidade vizinha.

Abraxas visitava-o uma vez por ano, entre a Páscoa e Pentecostes. Nessa época geralmente sua cunhada já tinha botado os novos ovos, mas ainda não tinha terminado de chocar. Assim Abraxas não precisava ter medo de ser obrigado a ajudar o irmão e a cunhada a alimentar os corvinhos famintos.

Mas certo dia, quando Abraxas voltou de sua visita à família Krex, a Pequena Bruxa logo notou que algo não ia bem no fundo da alma do corvo.

– Aconteceu alguma coisa com seu irmão Krex? – ela perguntou.

– Felizmente ainda não – respondeu Abraxas. – Mas meu irmão e sua mulher estão com grandes problemas. Há alguns dias dois garotos malvados têm andado por lá espreitando, subindo em todas as árvores e arrancando os ninhos. Anteontem eles atacaram um ninho de melros e ontem, o ninho do casal de pegas. Esconderam os ovos e jogaram os ninhos no lago dos patos. Meu irmão está desesperado. Se continuar assim, mais cedo ou mais tarde chegará a vez de seu próprio ninho.

Então a bruxinha disse:

– Seu irmão Krex não precisa ter medo. Vá lá, mande as minhas lembranças e diga que, quando os garotos subirem no olmeiro, é para ele vir me avisar rapidinho. Vou afastar esses sem-vergonhas de lá!

– Você vai fazer isso mesmo? – gritou Abraxas. – Logo se vê que você é uma boa bruxa! A bruxa-mor vai ficar contente em saber! Vou correndo até o ninho do Krex levar a boa notícia!

Passaram-se alguns dias sem que nada acontecesse, e a Pequena Bruxa já nem se lembrava dos dois ladrões de ninhos. Mas numa tarde, já quase no final da semana, Krex chegou voando afobado, quase sem fôlego.

– Eles estão lá, eles estão lá! – ele grasnou, antes mesmo de pousar. – Venha rápido, bruxinha, antes que seja tarde!

A bruxinha estava se preparando para moer café. Na mesma hora largou o moedor em cima da mesa, foi buscar a vassoura e saiu voando para o lago dos patos. Os irmãos Krex e Abraxas quase não conseguiam segui-la, tal a velocidade em que ela voava através da floresta.

Os dois garotos já se encontravam bem no alto do olmeiro. Estavam quase alcançando o ninho de corvos. A mulher de Krex gritava, sentada sobre seus ovos.

– Ei, vocês dois! – berrou a Pequena Bruxa. – O que estão fazendo aí em cima? Já para baixo!

Os dois se assustaram. Quando viram que se tratava apenas de uma velhinha, um mostrou a língua e o outro fez uma careta.

– Estou mandando, já para baixo! – ameaçou a bruxinha. – Senão vocês vão ver o que vai acontecer!

Os garotos, porém, caçoaram dela, e um deles retrucou irônico:

– Pois venha até aqui, se puder! Vamos ficar aqui em cima o tempo que desejarmos. Bah!

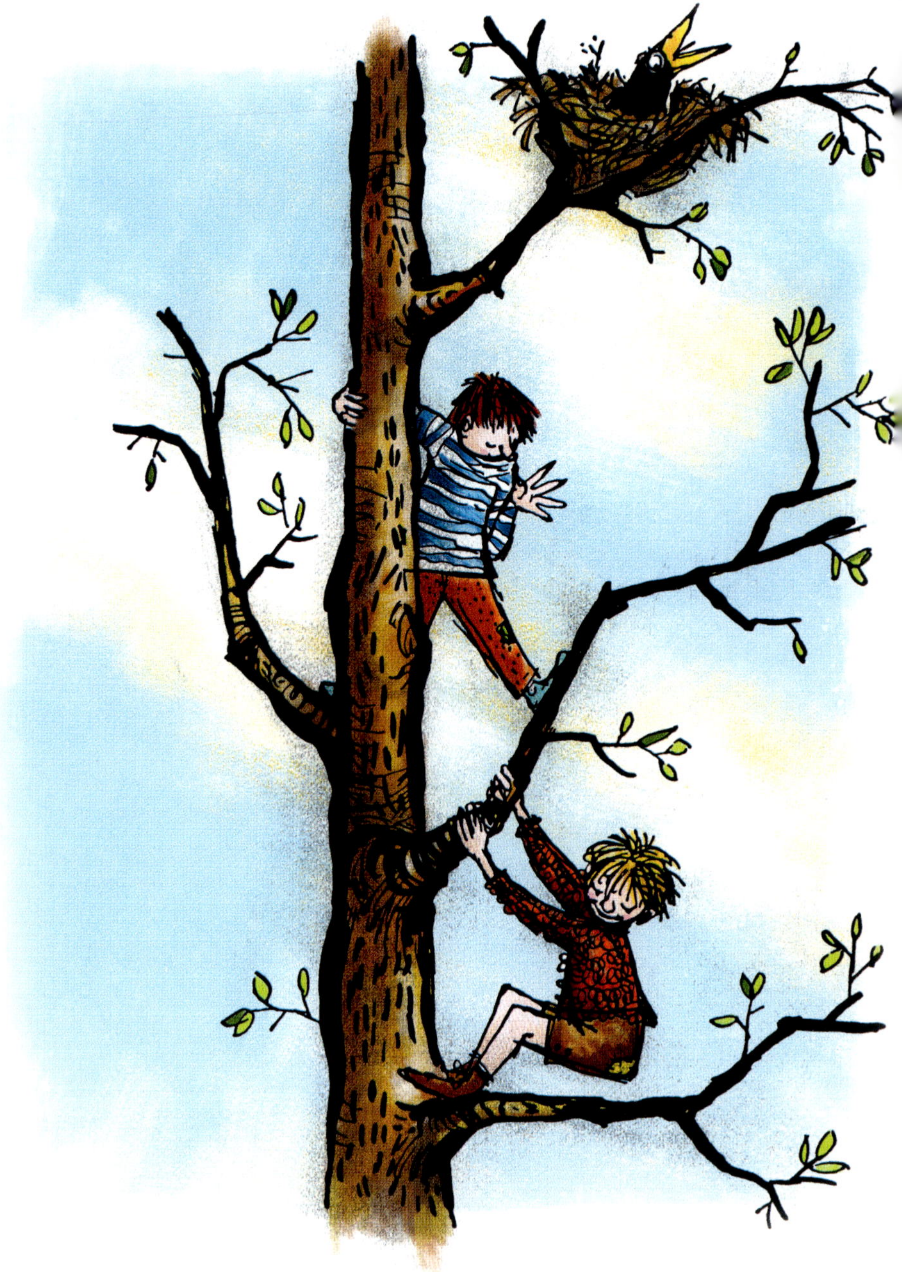

– Tudo bem! – gritou a bruxinha. – Por mim, podem ficar!

Então ela fez os dois ladrões de ninhos ficarem colados onde estavam. Eles não podiam avançar nem descer. Ficaram grudados no lugar, como se tivessem criado raízes.

Então Abraxas e o casal Krex caíram em cima deles, dando bicadas e arranhando. Bicaram e beliscaram tanto, que o corpo dos garotos ficou inteirinho coberto de marcas. Desesperados, os ladrões de ovos começaram a gritar. Gritavam tão alto e desvairadamente por socorro, que metade da população cidade, ouvindo o barulho, correu até o lago.

– Minha nossa, o que está acontecendo? – perguntavam as pessoas, assustadas. – Ah, vejam só, o Fritz e o Sepp! Eles não estavam querendo roubar os ninhos de corvo? Pois então bem feito! É isso que eles merecem! Para aprender a não subir mais nas árvores para roubar ovos!

Ninguém teve pena deles. As pessoas só achavam estranho Fritz e Sepp não fugirem. Mesmo depois que os corvos os deixaram em paz, eles continuaram sentados lá em cima.

– Agora desçam, heróis! – gritavam todos.

– Não podemos! – balbuciou Sepp, e Fritz choramingou: – Hu-huuuh, estamos presos! Não dá para sair!

O episódio só terminou com a chegada dos bombeiros. Eles encostaram a escada e trouxeram os dois para baixo. É claro que isso só foi possível porque a bruxinha soltou Fritz e Sepp no momento certo.

O Conselho das Bruxas

    O ano das bruxas estava chegando ao fim, a Noite de Walpurgis se aproximava. Agora a coisa estava ficando séria para a Pequena Bruxa. Naqueles dias ela ensaiou minuciosamente tudo o que aprendera. Mais uma vez estudou, página por página, o livro das bruxas. Suas bruxarias estavam uma beleza!

Três dias antes da Noite de Walpurgis foi procurada pela tia Rumpumpel, que desceu da nuvem negra e disse:

– Venho a mando da bruxa-mor convocá-la para a reunião do Conselho das Bruxas. Depois de amanhã à meia-noite será o teste. Você deve estar na encruzilhada atrás da pedra vermelha. Mas, se quiser refletir melhor, também pode não ir...

– Não tenho nada sobre o que refletir! – disse a bruxinha.

– Quem sabe? – retrucou a bruxa Rumpumpel. – Talvez seja mais prudente da sua parte ficar em casa. Posso me desculpar por você junto à bruxa-mor.

– Ah, é? – gritou a bruxinha. – Posso imaginar! Mas não sou tão tola quanto você pensa! Não vou me deixar intimidar!

– Só se ajuda quem quer ser ajudado – disse a tia Rumpumpel. – Pois bem, então até amanhã!

O corvo Abraxas bem que teve vontade de acompanhar a Pequena Bruxa. Mas não tinha direito de participar da reunião. Teve de ficar em casa e, quando a bruxinha partiu para sua missão, ele lhe desejou boa sorte.

– Não se deixe amedrontar! – gritou o corvo, ao se despedir. – Você se tornou uma boa bruxa, e isso é o principal!

À meia-noite em ponto ela chegou à encruzilhada atrás da pedra vermelha. O Conselho das Bruxas já estava reunido. Além da bruxa-mor, participavam também uma bruxa do vento, uma da floresta, uma da névoa e uma representante de cada um dos outros tipos de bruxas. As bruxas do tempo estavam representadas pela tia Rumpumpel. Para a bruxinha, não fazia diferença. Estava confiante e

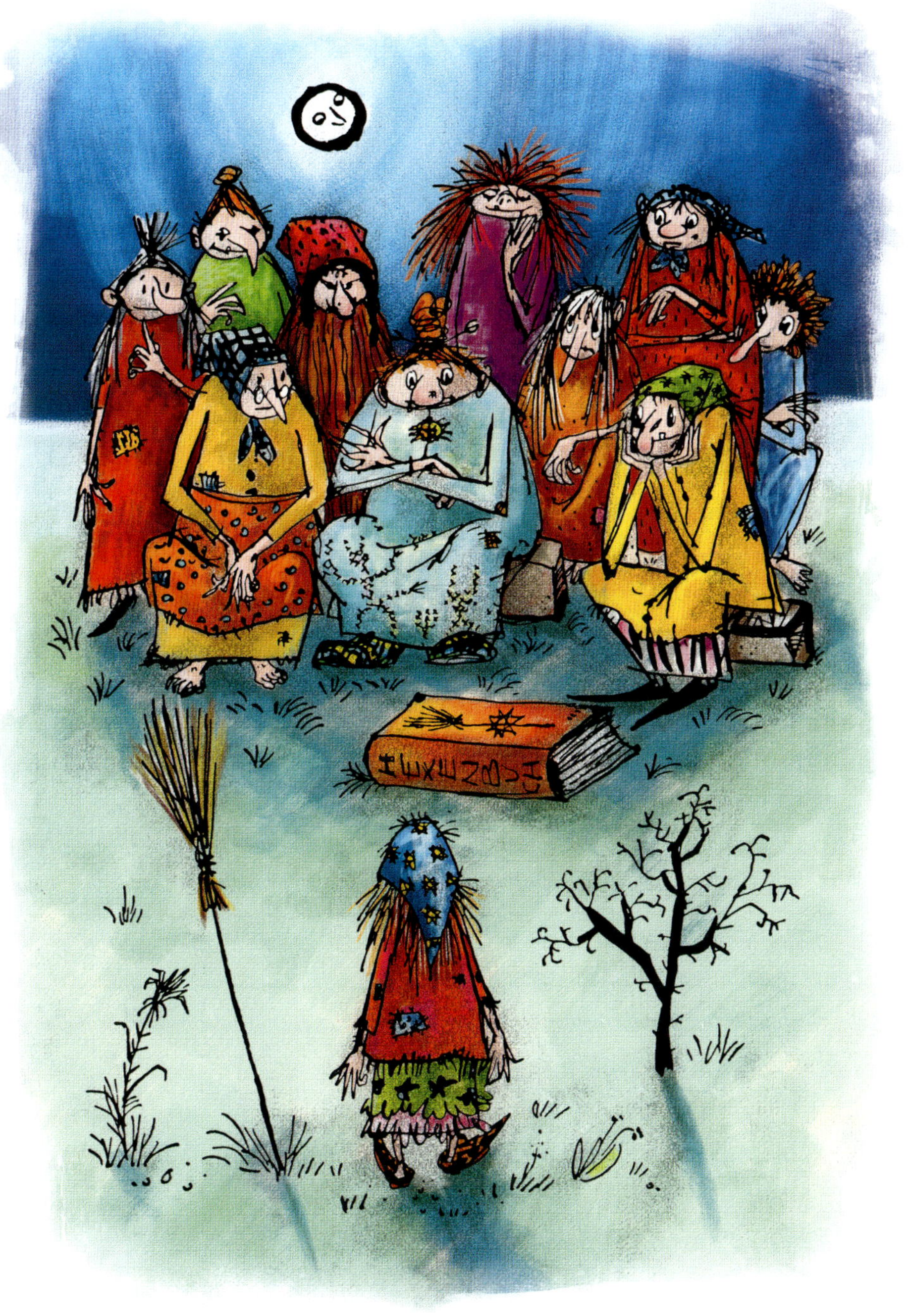

pensou: "Ela vai explodir de raiva quando eu passar nas provas e tiver permissão para ir amanhã à montanha!".

– Vamos começar as provas! – gritou a bruxa-mor. – Vamos verificar o que a Pequena Bruxa aprendeu.

As bruxas, então, passaram a apresentar as tarefas: fazer ventar, fazer trovejar, fazer desaparecerem as pedras vermelhas, evocar chuva de granizo... nada muito complicado. A bruxinha não ficou em apuros uma vez sequer. Nem mesmo quando a tia Rumpumpel exigiu:

– Faça o que está na página 324 do livro de bruxarias!

Na mesma hora a Pequena Bruxa se lembrou do que era, pois sabia o livro de cor e salteado.

– Claro! – disse ela calmamente e fez o que estava na página 324 do livro: um temporal e um relâmpago-bola.

– Basta! – gritou a bruxa-mor. – Você nos mostrou que sabe fazer bruxarias. Por isso permito que a partir de agora dance conosco na Noite de Walpurgis, embora seja muito jovem para isso. Alguém aqui do Conselho tem alguma objeção?

As bruxas estavam de acordo com a decisão. Só a tia Rumpumpel respondeu:

– Eu tenho!

– Qual é sua objeção? – perguntou a bruxa-mor. – Por acaso está insatisfeita com as bruxarias dela?

– Isso não. Mas posso provar que ela não é uma boa bruxa! – replicou a tia Rumpumpel, tirando um caderninho do bolso do avental. – Eu a observei secretamente durante todo o ano. Anotei tudo o que fez. Vou ler.

– Pode ler tudo! – gritou a bruxinha. – Se não se tratar de mentiras cabeludas, nada tenho a temer!

– Isso é o que vamos ver! – disse a tia Rumpumpel.

Então ela fez para o Conselho das Bruxas o relatório do que a Pequena Bruxa fizera no decorrer daquele ano. Contou que ela tinha ajudado as velhinhas catadoras de lenha e dado um jeito no guarda florestal malvado; falou da moça das flores, do carroceiro da cerveja e do vendedor de castanhas; falou também do boi Korbiniano, cuja vida ela salvara, do boneco de neve e dos ladrões de ovos.

– Não esqueça o carpinteiro! – disse a Pequena Bruxa. – Esse eu levei para o bom caminho!

A bruxinha esperava que a tia Rumpumpel fosse fazer o possível para caluniá-la. No entanto, ela só expôs coisas boas.
– Isso é verdade? – perguntava a bruxa-mor, depois de cada história.
– É! – gritava a Pequena Bruxa, orgulhosa de si mesma.
Na sua alegria, não notou que a bruxa-mor fazia a pergunta em tom cada vez mais mal-humorado. Também não notou que as outras bruxas balançavam a cabeça desoladas. Por isso, qual não foi seu susto quando de repente a bruxa-mor exclamou, indignada:
– E pensar que eu quase permiti que uma criatura dessas fosse amanhã à montanha! Fora, sua porcaria! Que péssima bruxa!
– Como assim? – perguntou a bruxinha, atônita. – Eu só fiz bruxarias boas!
– Ah, é? – bufou a bruxa-mor. – Boas bruxarias são aquelas que só causam o mal! Mas você é uma péssima bruxa, pois não parou de fazer o bem!
– E além disso... – entusiasmou-se a tia Rumpumpel –, além disso ela também fez bruxarias numa sexta-feira! Fez isso de janelas fechadas, mas eu olhei pela chaminé.
– Como?! – gritou a bruxa-mor. – Isso também? – Ela agarrou a bruxinha com seus longos dedos e lhe puxou os cabelos. Então todas as outras bruxas avançaram sobre a pobre coitada numa gritaria selvagem, espancando-a com os cabos das vassouras. Elas teriam acabado com a bruxinha de tanto bater, se a bruxa-mor, depois de um tempo, não as tivesse chamado:

– Agora chega! Sei de um castigo melhor para ela! Maliciosa, ordenou à Pequena Bruxa:

– Você levará para a montanha a lenha para a fogueira das bruxas. Sozinha! Até amanhã à meia-noite você já deverá ter juntado o monte de gravetos. Vamos amarrá-la numa árvore, de onde nos verá dançar durante toda a noite!

– E, depois de dançarmos algum tempo – provocou a tia Rumpumpel –, vamos arrancar seus cabelos, fio por fio! Vai ser muito engraçado! Uma farra! Ela ainda vai lembrar-se dessa Noite de Walpurgis por muito tempo!

Quem ri por último...

– Sou um corvo desgraçado! – gemeu o bom Abraxas, quando a bruxinha lhe contou o que tinha acontecido na encruzilhada atrás da pedra vermelha no campo. – A culpa é toda minha! Minha, só minha! Fui eu que aconselhei você a fazer bruxarias boas! Ah, se pelo menos eu pudesse ajudá-la!
– Tenho de me virar sozinha – disse a bruxinha. – Ainda não sei como... Só sei que não vou deixar me prenderem na árvore. Ah, não vou mesmo!
Ela foi até a sala e pegou o livro de bruxarias na gaveta da mesa. Ansiosa, começou a folheá-lo.
– Você me leva junto?
– Aonde?
– À montanha! Não quero deixá-la sozinha hoje à noite.
– Combinado – disse a Pequena Bruxa. – Você vai comigo. Mas sob uma condição: feche o bico e não me incomode agora!
Abraxas calou-se. A bruxinha mergulhou na leitura do livro. De vez em quando, rugia alguma coisa. O corvo não compreendia, mas evitava fazer perguntas.
E assim foi até a noite. Então a Pequena Bruxa levantou-se e disse:
– Agora sim! Vamos para a montanha!
Chegando lá, não havia sinal das outras bruxas. Deviam estar esperando chegar meia-noite para montar nas vassouras

e voar até o topo da montanha. Era esse o costume da Noite de Walpurgis.

A Pequena Bruxa sentou-se no topo da montanha e estendeu as pernas.

– Não vai começar? – perguntou Abraxas.

– Começar? – exclamou ela. – Começar o quê?

– A juntar a lenha! Você não precisa juntar um monte de lenha?

– Tenho tempo! – disse ela, rindo.

Abraxas retrucou:

– Mas só falta uma hora para a meia-noite! Agora mesmo, lá no vale, soaram as onze horas!

– Também vão soar as onze e meia – disse a bruxinha. – Pode ter certeza de que o monte de lenha vai ficar pronto.

– Espero que sim! – grasnou Abraxas.

A calma da bruxinha começou a amedrontá-lo. Só esperava que tudo desse certo!

No vale soaram as onze e meia.

– Depressa! – insistiu Abraxas. – Só falta meia hora!

– Preciso de quinze minutos – respondeu a Pequena Bruxa.

Depois de quinze minutos, ela se levantou de um salto.

– Chegou a hora de juntar a lenha! – ela gritou, e disse uma fórmula mágica.

Os pedaços de lenha chegaram voando de todas as partes. Vinham estalando, fazendo o maior espalhafato. Catapumba!, e caíram todos de uma vez, amontoando-se uns sobre os outros.

– Oba! – gritou Abraxas. – Mas o que estou vendo? Não serão vassouras?

– Isso mesmo, são vassouras! As vassouras das bruxas grandes. Mandei todas subirem até aqui. E esta, a maior, é a vassoura da bruxa-mor.

– O que... significa... isso? – perguntou Abraxas, assustado.

– Vou queimá-las – disse a bruxinha. – Já imaginou todas elas queimadas? Mas agora preciso também de um pouco de papel.

Então ela disse uma segunda fórmula mágica. Foi então que se ouviu no céu um alarido. Como bandos de morcegos gigantes, eles vinham batendo as asas sobre a floresta, dirigindo-se ao cume da montanha.

– Venham, venham! – gritava a bruxinha. – Aqui, para o monte de vassouras!

Eram os livros de bruxarias das bruxas grandes. A bruxinha mandou que viessem todos.

– Mas o que está fazendo? – grasnou Abraxas. – As bruxas grandes vão matá-la!

– Duvido! – gritou a Pequena Bruxa, e disse uma terceira fórmula mágica.

Essa foi a melhor. Ela simplesmente tirou o poder das bruxas grandes. Agora, nenhuma delas podia fazer bruxaria! E, como também não tinham os livros, não teriam como voltar a aprender tudo de novo.

No vale, soou a meia-noite.

– Bem – disse a bruxinha, satisfeita –, agora vamos começar! Viva a Noite de Walpurgis!

Com o isqueiro que havia comprado de Jacó Barato, ela pôs fogo nas vassouras e nos livros de bruxarias.

Fogueira mais bonita, impossível. As labaredas subiam ao céu, crepitando.

Até as primeiras horas da manhã a Pequena Bruxa, sozinha com o corvo, dançou ao redor do monte de lenha em chamas. Agora ela era a única bruxa do mundo capaz de fazer bruxarias. Ainda ontem as bruxas grandes a tinham tratado mal, agora era a vez dela.

– Noite de Walpurgis! – comemorava a Pequena Bruxa, no topo da montanha.

"*Viva a Noite de Walpurgis!*"

119

2ª edição agosto 2015 | **Fonte** Sabon Roman
Papel Couché 150g | **Impressão e acabamento** Cromosete